KEROZINE

Van Adeline Dieudonné verscheen eerder

Het echte leven

ADELINE DIEUDONNÉ

KEROZINE

ROMAN

VERTAALD UIT HET FRANS DOOR
ANNELIES KIN EN NATHALIE TABURY

UITGEVERIJ ATLAS CONTACT
AMSTERDAM/ANTWERPEN

De vertalers bedanken het Expertisecentrum Literair Vertalen en Rokus Hofstede voor hun ondersteuning in de vorm van een mentoraat

Uitgegeven in overeenkomst met L'Iconoclaste, in samenwerking met hun agenten Books and More en 2 Seas Literary Agency

Oorspronkelijke titel *Kerozene*
Omslagontwerp Marinka Reuten
Omslagbeeld Mathieu Persan
Foto van de auteur Céline Nieszawer/Leextra
Ontwerp typografie binnenwerk Wim ten Brinke
Drukkerij GGP Media GmbH, Pößneck

ISBN 978 90 254 7219 1
D/2022/0108/531
NUR 302

www.atlascontact.nl

FSC
www.fsc.org
MIX
Papier van verantwoorde herkomst
FSC® C014496

Voor Cécile,
mijn moeder

23.12 uur. Een benzinestation langs de snelweg, op een zomernacht. Als je het paard meetelt maar niet het lijk, zijn er op dit moment veertien aanwezigen.

Iemand roept: 'Mevrouw!' Een oud besje slaat een been over de vangrail en mompelt voor zich uit: 'Sorry, liefje.' De vrouw die heeft geroepen, heet Julianne. Gealarmeerd kijken de anderen op. Alika, die naast haar op een bank zit. Victoire, een jonge, kaalgeschoren vrouw die bezig is een kleine SUV vol te tanken. Korte broek, lange benen, legerlaarzen. En op de parkeerplaats wat verderop, Joseph, een lange kerel die aardig lijkt, met hangende schouders onder zijn met zweet doorweekte overhemd. De enige die niet op de oude vrouw let is Gigi, want die heeft het te druk met kotsen op de banden van haar Porsche 911. Een paar meter verderop steekt Juliette een peuk op onder een bord van een verkeersveiligheidscampagne. Ze werkt samen met Sébastien achter de kassa van het benzinestation.

Juliette had het oudje al opgemerkt toen ze zo'n twintig minuten geleden was gearriveerd. Ze was in haar eentje de shop binnengekomen. Ze had even tussen de rekken geneusd en was toen naar de toonbank gelopen.

'Hebt u gin?'

'Nee, we verkopen geen alcohol.'

'Maar wel bier?'

Juliette had haar schouders opgehaald. Met een lijdzame glimlach was de oude vrouw naar de koelkast gelopen en ze had er een blikje van 33 cl uitgehaald, wat Juliette had gerustgesteld. 33 cl is geen halve liter. 33 cl betekent dat je alleen je dorst wilt lessen. Een halve liter, dan ben je op zoek naar iets anders. Juliette weet maar al te goed dat zijzelf niet meer in staat is om te rijden als ze een halve liter bier opheeft. Ze moet dan altijd aan dat liedje denken: 'De kinderen op de weg zijn dood, het laatste weekend van de zomer, want door de drank was papa slomer, niet meer dan een glaasje of drie, maar een paar druppels eau de vie.' Daarna laat het liedje haar de rest van de nacht niet los, als een moeras waarin een hert zich heeft vastgelopen. Ze wordt er somber van. Maar de oude vrouw had het blikje van 33 cl gekozen. Dat was oké. Ze had betaald en was toen de shop uit gelopen. Ze wilde alleen maar stilte en alcohol.

Ze liep langs het gesloten restaurant met zeshoekige ramen waarop foto's van gehaktballetjes in tomatensaus en friet hingen. De foto's waren verbleekt, de gehaktballetjes grijs, de friet wit. Aan de zijkant van het gebouw stonden een paar gele plastic tafels die ook waren verbleekt. En ingeklapte parasols in blauwe hoezen, als gedoofde kaarsen op een oudbakken taart. Het oudje begroette Julianne en Alika, koos de minst vieze tafel uit en ging zitten.

Ze was verrast dat het hier zo rustig was. Als iemand haar zou vragen om een benzinestation te beschrijven dat 's nachts open is, zou ze spontaan aan lawaai denken. Het lawaai van de vrachtwagens op de snelweg, het lawaai van een zware Harley, het lawaai van kerels die van de ene kant van de parkeerplaats naar de andere roepen: 'Winston of Marlboro?' – 'Wat???' – 'Winston of Marlboro?' – 'Nee, Camel.' – 'O, oké!' – 'Light!' – 'Wat?' – 'Light!' Een opeenstapeling van een reeks factoren die je niet allemaal afzonderlijk kunt thuisbrengen, maar die een hels kabaal produceren dat tot in je voorhoofdskwab doordringt. Maar nee. Het geluid van de snelweg klonk als een soort regelmatige, bijna rustige branding. En de mensen die voorbijliepen fluisterden meer dan dat ze praatten, alsof ze bang waren een denkbeeldige buurt wakker te maken. Hun gebaren en hun tred waren bijna ingetogen. Misschien zorgden de weg en de warmte voor een meditatieve sfeer, die ze tijdens het tanken probeerden te behouden.

Het oudje keek naar de stoet van nachtelijke reizigers en dacht aan hun problemen, hun angsten, de wirwar van toevallige gebeurtenissen die samen een uniek en onvervangbaar leven vormen. Ze had elk van hen willen vragen om hun verhaal te vertellen. Zoals de jonge vrouw in trainingspak die naar de cafetaria liep. En de man die jerrycans uit zijn takelwagen haalde? Hem doorzag ze moeiteloos. Dat was gemakkelijk.

Er stapte een man uit een Citroën met een Zwitsers kenteken en een trailer erachter waarin een paard stond te trappelen. Een broodmagere man, met een gezicht dat de oude vrouw fascineerde. Helblauwe ogen, lange wimpers waardoor het leek alsof hij eyeliner ophad, een volle mond en licht golvend zwart haar. Er was iets gehavends aan die man. Iets gevaarlijks ook. Toen hij neerknielde om zijn bandenspanning te controleren, merkte de oude vrouw dat hij alleen zijn linkerarm gebruikte en dat de rechter er levenloos bij hing, als een gehangene aan een strop.

Het rook er naar benzine en naar asfalt dat door de hittegolf zachter was geworden, maar dankzij het briesje dat van de Ardense hoogvlakte kwam ook naar heide, natte rotsen en veenmoerassen.

Om 23.13 uur is het oudje over de vangrail geklommen. Ze heet Monica.

Chelly

Chelly moest tot rust komen. Ze haalde diep adem en besloot even te stoppen. Zonder echt te weten waarom hield ze van de sfeer in benzinestations 's nachts.

Die deed haar altijd aan Dire Straits denken.

Ze beeldde zich in dat ze achter het stuur zat van een tijdloze pick-uptruck op een stoffige weg in Montana, met Mark Knopflers rauwe stem en elektrische gitaar op de achtergrond, vrij en ongebonden op weg naar een bestemming waar er paarden zouden zijn, een ranch en een feest in een weide, met een groot vuur waarop spareribs en marshmallows lagen te roosteren.

En er zou ook iemand gitaar zitten spelen, een kerel die iets weg had van Mark Knopfler, maar ook van Robert Redford in *The Horse Whisperer* en van Clint Eastwood in *The Bridges of Madison County*.

Een betrouwbare, sterke, eenzame man.

Een vent die niet snel van zijn stuk werd gebracht, die een groot verdriet met zich meetorste, misschien een vrouw en kind die in een auto-ongeluk zijn omgekomen...

Een enigszins melancholische ziel die op zijn Appaloosa-paard over de vlakte galoppeerde en zijn kudde koeien naar het slachthuis leidde. Ze zag hem in gedachten met zijn hoofd op een westernzadel onder de sterrenhemel slapen, terwijl de wind die boven Lake Missoula was opgestoken door zijn blonde haar speelde.

De huid van zijn hals zou naar soepel leer, gedroogd gras en cederolie ruiken.

Hij zou haar, Chelly, opmerken.

Terwijl hij gitaar bleef spelen zou hij zijn blik laten glijden over haar billen in een nauwsluitende Levi's met lage taille, maatje 26. Haar strakke buik onder een geruit bloesje dat boven haar navel was geknoopt, haar door jarenlang paaldansen mooi gevormde armen.

En zijn ruige, eenzame cowboyhart zou weer wat sneller gaan kloppen.

Voor haar, Chelly.

Chelly was hierover aan het dagdromen toen ze parkeerde onder het helle neonlicht van een bord van een verkeersveiligheidscampagne – TWEE UUR RIJDEN, KWARTIERTJE RUST! – waarop een kerel met een klein meisje in zijn armen stond te lachen. Een kerel die domweg gelukkig leek met zijn dochtertje en zijn wijkende haarlijn.

Toen Chelly uitstapte, voelde ze ergernis in haar keel kriebelen. Die kerel op het bord deed haar denken aan Nicolas, haar man. En de laatste tijd voelde Chelly als ze aan Nicolas dacht altijd iets vijandigs opborrelen.

Toen ze de parkeerplaats overstak, zag ze het oranje schijnsel van de lantaarnpalen op haar arm. Het licht deed de contouren van haar bovenarmspieren goed uitkomen. Ze nam een foto en postte die op haar Instagram.

Come on girls! That's the way you should look like! #motivation #hardwork #power #muscles #polefitness.

Chelly gaf paaldanslessen. Maar ze was vooral een influencer. ChellyPoleFitness, haar Instagram-account, had maar liefst 43.7K volgers.

Een paar uur geleden, op weg naar huis, had Chelly zich moe en gedemotiveerd gevoeld, alsof al haar levenskracht was opgezogen door een wervelwind waarvan ze de oorsprong maar al te goed kende.

Ze had de deur van haar kleine huis in een buitenwijk opengeduwd met het gevoel dat ze zich in de muil begaf van een slap monster met een grafkelderachtige adem. Het had haar doen denken aan de Dementors in *Harry Potter*, spookachtige wezens die zich met het geluk van mensen voeden en hen van elke positieve gedachte en al hun levenskracht beroven.

En thuis had ze Nicolas aangetroffen. Ze waren elf jaar getrouwd. Nicolas was regieassistent op filmsets. Het was een moeilijke, zware baan met onvoorspelbare werktijden, waarvoor je bijdehand moest zijn en goed bestand tegen stress en vermoeidheid.

Dat was zo'n beetje waarom Chelly elf jaar geleden voor Nicolas was gevallen.

Met zijn Leatherman en een eindje gaffertape kon Nicolas elk vervallen huis in een leefbare plek omtoveren.

Ze had hem voor het eerst gezien op een barbecue bij vrienden die op een autokerkhof woonden. Nicolas was er zitbanken aan het maken van een paar oude banden en veiligheidsgordels uit autowrakken. In minder dan een uur had hij die nare plek tot een mooie, kleine buitenwoonkamer omgetoverd, met een paar gebruikte koplampen als lampionnen.

Chelly dacht meteen dat ze zich bij een atoomoorlog precies met een man als Nicolas in het grote survival-avontuur zou willen storten. Ze kon zich hem levendig voorstellen bij hun geïmproviseerde kamp, met ontbloot bovenlijf, in een kakikleurige cargobroek en met een zelfgemaakte pijl-en-boog op zijn rug, terwijl hij in het bos verdween en tegen haar zei: 'Blijf jij bij de kinderen, ik ga eten zoeken.'

En een paar uur later zou ze hem zien terugkomen met een dampend hertenkadaver op zijn gespierde schouders, terwijl straaltjes bloed van het gekeelde dier over zijn gladde, door de genadeloze zon gebruinde torso liepen.

Wanneer ze zich hem zo voorstelde in het begin van hun relatie, besprong ze hem om met hem te vrijen. Wat meerdere keren per dag kon gebeuren. En als hij in haar was, verving ze de pijl-en-boog in het heetst van de strijd door een geweer met afgezaagde loop en kwam dan klaar.

Ze waren op het gemeentehuis getrouwd, en daarna was er een feest in de kantine van een sportclub waar het naar koude soep rook.

Ze kochten een klein grijs huis in een grijze straat in een grijze wijk in het noorden van de stad, omdat het daar betaalbaar was.

Het schone, functionele huisje had een tegelvloer en alles was van het goedkoopste materiaal gemaakt. Het had geen greintje charme, maar ze hadden allebei lak aan charme...

In het begin waren ze gelukkig. Soms maakten ze ruzie, maar ze hielden van elkaar en waren bovenal trots op elkaar.

Chelly vroeg niet veel van Nicolas. Alleen kracht, discipline en nauwgezetheid. Daar geloofde Chelly in. Zoals anderen in God of hun vakbond geloven. Ze zag zichzelf als een dier in een ecosysteem waar de wet van de sterkste gold. Met winnaars en verliezers. Het was doodeenvoudig. Zelfs een kind van vier voelde aan hoe het leven in elkaar zat: werk je hard, dan overleef je, werk je niet hard, dan ga je dood. Natuurlijke selectie, de sterksten blijven over, pech voor al de rest. Dat is de wet van de natuur. Helder, duidelijk en meedogenloos. Het is echt doodeenvoudig.

Na tien jaar zwoegen had Chelly haar plaats veroverd, een reputatie opgebouwd en haar hardnekkigste concurrenten overtroffen.

43.7K volgers op Instagram.

Shit, 43.7K volgers op Instagram, dat was een wapenfeit. Het was één ding om zo'n publiek op te bouwen, maar het was iets anders om het te behouden. Vijftien, twintig foto's per dag posten, haar troepen motiveren, in topvorm zijn. Ze was een model, een icoon, een voorbeeld. Ze heerste over haar gemeenschap als een wolvin over haar roedel. Ze was een geboren leidster, het zat haar in het bloed, dat wist ze.

Nicolas zag zijn werk als iets wat hij moest doen om niet in moeilijkheden te komen. Ouders tevreden houden, rekeningen betalen, de lening aflossen... Er was niks leuks aan, maar het moest gebeuren.

In het begin hield hij van zijn vak. Het was nieuw, het gaf hem voldoening. Hij vond dat hij een beetje op zijn jeugdidool MacGyver leek. Vervolgens had de uitputting toegeslagen.

Van MacGyver bleef tegenwoordig niet veel meer over, nu was hij alleen een man met een buikje die zijn laatste restje levensenergie verspilde met over zijn werk te klagen. Nicolas' baan was eigenlijk niet meer dan een onuitputtelijke bron van frustraties, ergernissen, complotten, kinderachtigheden en achterbakse streken.

Toen hij begon te klagen, had Chelly zich afgevraagd waarom hij geen ander vak koos, maar daarna kreeg ze door dat Nicolas klagen gewoon leuk vond. Ze had het opgemaakt uit de manier waarop hij over zijn dagen vertelde: hij ging voor het effect, hij loosde zijn wrok met het gelukzalige genot van een baby die zijn luier vult.

Hij serveerde Chelly zijn dagelijkse portie zelfingenomen geklaag met een wezelachtige grijns. Het begon altijd met 'O, heb ik je dat nog niet verteld?' (wat hij goed genoeg wist), gevolgd door 'Wacht, dit is kostelijk'.

En hij nam er de tijd voor. Hij sprak wat zachter, keek diep in Chelly's ogen en boog zijn gezicht onderdanig naar de grond, met zijn hoofd tussen zijn schouders. Chelly keek naar hem en zei tegen zichzelf dat als je op het woord 'slinks' een gezicht zou moeten plakken het dat van Nicolas zou zijn. Ze kreeg de indruk dat hij zijn woordenschat had aangepast, dat hij woorden met zo veel mogelijk s'en koos om zijn relaas nog bespottelijker te maken. Zelfs zijn gezicht leek te zijn veranderd. Zijn neus was langer geworden, zijn kin was geweken, zijn ogen lagen diep in hun kassen verscholen als twee keffertjes die elk moment konden gaan blaffen.

En die grijns... De wervelwind die alle levenskracht uit Chelly zoog, werd zonder twijfel gevoed door zijn van zelfmedelijden vervulde vrolijkheid.

Die avond had ze zich in ieder geval uitgeput gevoeld. En uitputting bestond niet in Chelly's emotionele repertoire.

Toen ze thuiskwam, was Nicolas er al. Hij was vroeg klaar met werken vandaag. Hij zat op een hoge kruk in de keuken op haar te wachten en pickles-chips te eten, met zijn ellebogen op de bar.

Ze kuste hem zonder genegenheid. Een gevoelloze reflex. Tegenwoordig waren al hun kussen zo. En als ze seks hadden, was het ook zo. Iets klinisch, dat ze niet uit verlangen deden, maar omdat het deel uitmaakte van het totaalpakket van een relatie.

Ben je een stel, dan heb je seks met elkaar. Zo is het nu eenmaal.

Als je dat niet doet, wordt het iets raars, een probleem dat je op termijn moet aanpakken.

Op lichamelijk vlak biedt seks bovendien vele voordelen. Ze had het online opgezocht. Het is een uitstekende cardiotraining, een doeltreffende manier om vet te verbranden en de aanmaak van dopamine te stimuleren, een hormoon dat je fysieke prestaties verbetert.

Ze zette haar spullen neer en ging naar boven om te douchen. Ze had zich in de sportschool al gewassen, maar zo kon ze de tijd wat rekken.

Bij Nicolas in de keuken rondhangen vond ze even

verleidelijk als het vooruitzicht van een onderonsje met een rottend zeehondenkadaver.

Dus dacht ze even terug aan Mike. Hij was de leraar hiphop die in het lokaal naast het hare werkte. Hij had een katachtig lichaam, lang, rank, soepel. Een romige huid, een rug waarvoor zelfs de vroomste non haar geloften zou breken. Alles aan Mike straalde een primitieve geslachtsdrift uit. Het leek of die man elk moment zin had in seks. Hoe hij bewoog, hoe hij liep, hoe hij met zijn linkerhand zijn waterfles pakte en met zijn rechterhand de dop losdraaide. Zelfs als hij haar in de gang van de dansschool op haar wang kuste, had Chelly het gevoel dat hij haar daar tegen de muur zou nemen, voor de ogen van iedereen.

Maar Mike had nooit een spat interesse in Chelly getoond.

Hij was waarschijnlijk gay.

Na haar douche trok Chelly een trainingspak aan en ging naar beneden, naar Nicolas.

In de keuken was ze op het werkblad van laminaat in imitatieblauwehardsteen het 'krachtsap' gaan maken dat ze voor elke maaltijd dronk. Ze sneed wortels, een bietje en wat gember in stukken en haalde alles door de sapcentrifuge.

Ze had een foto van de ingrediënten genomen en postte die op haar Insta. *One Chellyjuice a day, keeps the doctor away! Geen work-out zonder brandstof, girls... #beetroot #carrot #ginger #discipline #organic.*

Nicolas zat met een grote zak pickles-chips op zijn kruk als een gier die zijn prooi bespiedt en wachtte zijn kans af. Chelly had hem al achthonderd keer gezegd dat hij de chips in een kom moest doen in plaats van ze als een boerenpummel uit de zak te eten. Waarop Nicolas altijd antwoordde: 'Ach, kom nou, we zijn toch onder ons.'

Nicolas bleef dus naarstig in de zak graaien. Het maakte een geluid waar Chelly hoorndol van werd. Elke zin van Nicolas werd afgesloten met een zacht 'ritsel ritsel'.

Hij begon aan zijn dagelijkse woordendiarree.

Vandaag ging het over zijn baas, de opnameleider, die niet alleen incompetent maar ook pervers was en die volgens Nicolas vanaf dag één een hekel aan hem had gehad en zijn werk probeerde te saboteren omdat hij in Nicolas een geduchte rivaal zag, die hem voor het einde van de opnames van zijn post wilde verdringen.

'En dan leg ik hem uit dat ik na het einde van de draaidag nog twee uur bezig ben geweest met het inladen van de vrachtwagen en het verzamelen van de spullen die die klotetechnici van ons hadden gepikt en overal hadden laten rondslingeren, en weet je wat hij dán tegen me zegt?' (ritsel ritsel)

'Nee, maar serieus, dit is om je te bescheuren, die gast is kostelijk... Dan zegt hij doodleuk, ik zweer je, zegt hij zo tegen mij: "Niemand heeft je dat gevraagd."' (ritsel ritsel)

'En daarom wil hij me die twee fucking overuren dus niet betalen, da's toch niet te geloven?' (ritsel ritsel)

'Nee, maar het kan me geen reet schelen, want iedereen heeft sowieso de pest aan die vent, ik moet gewoon even gaan praten met...'

Hier stokte Nicolas midden in zijn zin.

Nu ja, wat hem had doen stokken, was het lemmet van het mes dat zich net in zijn schouder had geboord, vlak onder zijn linkersleutelbeen.

Chelly had op zijn hals gemikt. Maar voor een worp van drie meter afstand, zonder enige voorbereiding, was ze toch tevreden over het resultaat. Het gaf haar een uitgelaten gevoel, zoals wanneer je een prop papier in één keer in de prullenmand kunt gooien.

Nicolas had zijn ogen eerst verrast op het mes gericht en toen op zijn vrouw, zoekend naar een verklaring. Chelly staarde hem onbewogen aan. Het mes kwam wel degelijk van haar.

Vervolgens had Nicolas zijn ogen weer op het mes gericht, alsof hij deze nieuwe werkelijkheid wilde bevatten, en toen weer op Chelly om de tweede verklaring te zoeken: waarom?

Terwijl Nicolas' blik heen en weer pendelde tussen haar en het mes dacht Chelly dat hij nu uit twee reacties kon kiezen: de man met de kaki cargobroek en het geweer met afgezaagde loop zou ontwaken en dan zou zij het pak slaag van haar leven krijgen, of het mannetje met de bierbuik en de wijkende kin zou dit voorval als een bron van zelfmedelijden zien waaraan hij zich tot het einde van zijn leven kon laven.

Ze had net de gong geluid voor een gevecht tussen MacGyver en de pickles-chips. Nu was het de vraag wie er zou winnen.

'Ben je helemaal gestoord, waarom doe je dat?'

Eerste ronde voor de pickles-chips.

Nicolas probeerde zo goed en zo kwaad als hij kon het mes uit zijn schouder te trekken.

'Help me dan!'

Chelly kwam dichterbij, pakte het heft en draaide het lemmet een kwartslag in de wond. Nicolas schreeuwde het uit en zakte ineen van de pijn op de witte tegelvloer van imitatiecarraramarmer.

'Aaaah, verdomme, Chelly!'

Ze ging schrijlings op hem zitten.

Hij keek haar doodsbang en ongelovig aan.

Ze wachtte een paar seconden om MacGyver de kans te geven zich te manifesteren. Een optater, een erectie, een flikkering van haat in zijn ogen, iets, wat dan ook...

Maar nee, niets, alleen een kerel met een adem die naar pickles-chips stonk en die nu tussen haar benen lag te kronkelen en te jammeren.

'Chelly, waar ben je mee bezig?'

Chelly voelde een golf van zwarte droefheid over zich heen spoelen. Het was alsof er mestgier in haar dijslagader werd gespoten. De man van wie ze hield had nooit bestaan in dit kermende lichaam. Ze moest zich hebben vergist toen ze hem ontmoette. Ze was jong toen, waarschijnlijk veel te romantisch. Nu verkrampte het hart van de jonge vrouw die ze ooit was geweest. Haar geliefde, haar knappe geliefde, haar MacGyver bestond niet. Haar teerhartigheid had haar een rad voor de ogen gedraaid.

Toen trok Chelly het lemmet eruit, dat een belangrijke slagader had geraakt, afgaande op de hoeveelheid bloed die in warme gulpen op de witte tegelvloer gutste.

Nicolas' gezicht, dat altijd al bleek was, zag nu blauwig. Hij verzette zich nog, maar te slapjes naar Chelly's mening. Het kostte haar geen enkele moeite om hem tussen haar gespierde dijen op de grond te houden. Hij bracht een zacht smekend gereutel voort, zijn ogen puilden uit van angst.

Ze vond het spel wat saai worden, zoals wanneer een wip iets te lang duurt.

Met een snelle, gerichte haal van het mes sneed ze zijn halsslagader door.

Een gloeiende golf stroomde uit de hals van haar man. Een donkerrode stortvloed. Chelly doopte haar handen erin. Het lijf dat onder haar lag te schokken had een zekere seksuele opwinding bij haar gewekt. Ze had dolgraag ter plekke seks met hem willen hebben.

Maar het geschok ging al over in lichte reflexspasmen.

Chelly stond toen maar op. Ze keek naar haar met bloed besmeurde trainingspak en dacht bij zichzelf dat ze het misschien weer schoon zou krijgen als ze het nu meteen in de week zou zetten.

Toen dacht ze een paar minuten na over een methode om alles schoon te maken. Al dat bloed was op het moment zelf lollig geweest, maar het wegschrobben zou andere koek zijn.

Ze dichtte de wond in Nicolas' keel af met zilvergrijze tape, zodat er geen bloed meer uit zou lekken als ze zijn lichaam verplaatste. Ze kleedde hem helemaal uit en stopte de plakkerige kleren in een grote vuilniszak, samen met de zak pickles-chips. Daarna sponsde ze het bloed van de tegelvloer af, van de kruk en van het lichaam van haar Nicolas, dat ze vervolgens in een grote imitatie-kasjmieren deken wikkelde.

Hem naar de kofferbak van haar Hummer dragen was het moeilijkste deel.

Maar Chelly was praktisch aangelegd. Met een beetje gezond verstand en organisatietalent slaagde ze erin de klus in minder dan een uur te klaren.

Ze ging naar boven, kleedde zich uit, legde haar trainingspak in een teil met water en vlekkenmiddel met actieve zuurstof en nam nog een douche, haar vierde al die dag. Ze dacht weer even aan Mike en aan zijn huid.

Daarna kroop ze in een schoon trainingspak achter het stuur van haar Hummer en vertrok, zonder over haar bestemming na te denken. Ze nam de eerste oprit van de snelweg. De Ardennen. O ja, goed idee, de Ardennen. De stad uit, een stukje natuur zien. Misschien een weide met naaldbomen eromheen die haar vaag aan Montana zou doen denken.

Vertrekken...

En dan bij een benzinestation stoppen voor een koffie.

Ze hield van de sfeer in benzinestations 's nachts.

Toen ze het klinisch ontworpen gebouw binnenliep, wist Chelly nog steeds niet wat ze met het lijk van Nicolas ging doen. Maar daar maakte ze zich niet al te veel zorgen over. Dat was bijzaak.

Ze wist alleen dat ze op dat moment meteen koffie wilde.

Verder zou ze wel zien.

De airco deed haar wangen tintelen. Er stonden wat hoge tafels. Een oude vrouw pakte een biertje uit de koelkast. Chelly liep naar de automaat. Espresso, lungo, macchiato, cappuccino. Ze dacht aan Paolo Conte en zag zichzelf zitten op een pleintje in Florence, aan de rand van een fontein in de armen van Robert De Niro, zoals hij was in *Taxi Driver*.

Ze koos voor een cappuccino met extra melk en nam een foto die ze op haar Insta postte. *Sometimes, the only thing you need is some cream and sugar #pleasure #sweetness #life #freedom.*

Victoire

Victoire stond blootsvoets op haar betonnen keukenvloer en dronk grote slokken ijskoude melk bij het witte licht van de koelkast. Zoals zo vaak had ze over dolfijnen gedroomd. Victoire had een hekel aan dolfijnen. Een hartgrondige, gloeiende hekel, waarvan ze midden in de nacht dorstig en klam wakker kon schrikken, misselijk als ze er alleen maar aan dacht dat die fucking walvisachtigen op dezelfde planeet leefden als zij. Ze zag voor zich hoe ze stompzinnig glimlachend de golven doorkliefden, altijd in groepsverband alsof ze een soort clubje vormden, en hoe ze als idioten opsprongen terwijl ze steeds dat belachelijke gegrinnik lieten horen, ze zag het voor zich en stoof dan naar de badkamer om over te geven. Daarna ging ze meestal naar de keuken, trok de koelkast open en dronk melk uit de fles. Het contact met de vette vloeistof troostte haar een beetje. Ze kocht volle, rauwe melk, de rest smaakte naar water, vond ze. Ze verdroeg geen water meer. Ze had in jaren geen water meer gedronken. Uitsluitend melk, twee liter per dag. Vol en rauw.

Sinds ze een artikel over het geheugen van water had gelezen, wilde ze zich voor een vrachtwagen gooien bij het idee alleen al dat haar huid in contact kon komen met moleculen die ooit de glibberige, grijze huid van een dolfijn hadden aangeraakt. Zich wassen bleek een heel karwei. Elke dag wreef ze haar hele lichaam schoon met vochtige verfrissingsdoekjes. Haar haar had ze afgeschoren, zodat ze het niet meer hoefde te wassen. Als het regende kwam ze niet buiten, en als het echt niet anders kon, wapende ze zich met een grote paraplu, een capuchon en rubberlaarzen.

Victoire werkte als model. Ze was veelgevraagd en was vaak op reis. De twee liter melk die ze dagelijks dronk, vormde de basis van haar voeding. Die vulde ze aan met een paar voedingssupplementen, vitamines, omega 3, zink, kurkuma, chondrine, glucosamine... en tonijn. Ze was verslingerd aan tonijn, want ze had ergens gelezen dat dolfijnen vaak in visnetten verstrikt raakten en ook al belandde hun vlees niet per se in het blik tonijn waarvan zij at, toch crepeerden er aardig wat op het dek van vissersschepen. Achteraf werden hun kadavers weer in zee geworpen. Ze stelde zich het verdriet van de school voor als een van hen verdween, en dan kreeg ze zin om nog een blik open te trekken. Ze vroeg zich weleens af hoeveel dolfijnen ze had gedood dankzij alle blikjes tonijn die ze kocht.

Eén gedachte liet haar niet los. Victoire droomde er al heel lang van om een *grindadráp* bij te wonen. Of er zelfs aan mee te doen. Zo'n slachting van dolfijnen en grienden op de Faeröereilanden. Schepen dreven een hele horde, tot wel honderd van die beesten, in een baai tot bij het strand. Daar wachtten de eilanders ze op met hun messen en als de dieren in het ondiepe water in de val zaten, werden ze stuk voor stuk afgeslacht. Volwassen dieren, kalfjes, drachtige wijfjes, de hele horde. Hun kreten weerklonken over de helderrode baai en mannen, vrouwen, kinderen, iedereen waadde door het water, dat slijmerig was van het bloed. Het was een feest, een oeroude traditie. Eeuwen geleden had een heel dorp dankzij de grindadráps maandenlang te eten. In het harde klimaat van de Faeröereilanden was landbouw aartsmoeilijk en het vlees van de walvisachtigen vormde een zeer waardevolle voedingsbron. Tegenwoordig werden ze niet meer opgegeten. Door de vervuiling van de oceanen bevatten ze te veel kwik, dus werden de kadavers weer in zee gegooid.

Alleen de traditie leefde nog voort.

Victoire vond het een mooie traditie, ze wilde die met eigen ogen zien, ze wilde daar zijn en met haar voeten in het glibberige, rode, zoute water staan. Die droom koesterde ze al jaren. En nu lag hij eindelijk binnen handbereik. Over een week werd er een grindadráp georganiseerd op het strand van Sandavágur.

Morgen moest Victoire in Parijs zijn voor een fotoshoot, maar daarna had ze enkele vrije dagen. Ze moest met de auto gaan, want de enige vlucht tussen Parijs en Vágar was volgeboekt. Ze had het te laat geregeld. Niets aan te doen, ze zou wel rijden.

Ze was bloednerveus. Ze zou haar afkeer voor de zee en voor die vieze beesten moeten overwinnen. De gedachte dat ze er eigenhandig een zou kunnen afslachten beurde haar wat op, maar ze was er niet zeker van dat het haar zou lukken. Ze nam zich voor in elk geval naar het strand van Sandavágur te gaan. Eenmaal ter plaatse zou ze wel zien.

Victoire wist niet precies hoe ze zo'n hekel aan dolfijnen had gekregen. Ze wist dat het met een herinnering te maken had. De herinnering was niet verdwenen, maar ze ging die uit de weg. Als Victoires zielenleven een huis was geweest, zou je kunnen zeggen dat de herinnering er woonde en alle ruimte in de slaapkamer, keuken, zitkamer, badkamer en tuin inpalmde. Terwijl Victoire zich verstopte in een hutkoffer op zolder, waar ze 's nachts uit kroop om in de keuken wat kliekjes op te peuzelen, en haar behoeften in een emmer deed om er zeker van te zijn dat ze nooit ofte nimmer op haar herinnering zou stuiten.

Ze wees alle fotoshoots af die op een strand of bij een zwembad plaatsvonden, of op een andere locatie die ook maar iets met de zee, de oceaan of water te maken had. Haar agent was hiervan op de hoogte en besefte maar al te goed dat er niet over te praten viel. Geen enkel merk, hoe gerenommeerd ook, geen enkel contract of bedrag had haar ooit op andere gedachten kunnen brengen. Iedereen beschouwde het als de kapsones van een diva, en doordat ze een zekere status had verworven kon ze zich zoiets permitteren. Ze vroeg zich soms zelfs af of ze de hoge vlucht van haar carrière misschien juist aan haar sterallures te danken had. Niet dat het haar veel kon schelen. Ze was vijfentwintig, haar carrière liep ten einde en haar leven ongetwijfeld ook. Ze zag zichzelf niet ouder dan dertig worden. Tenzij alle dolfijnen tegen die tijd zouden zijn uitgeroeid, maar die kans leek haar klein. Ze volgde de evolutie van de populaties van nabij en die milieuklojo's deden echt vreselijk hun best. De meeste soorten waren beschermd. Ze haatte ze allemaal: gewone dolfijnen, tuimelaars, gestreepte dolfijnen, grijze dolfijnen en zelfs bruinvissen, grienden en beloega's, die biologisch niet eens tot de dolfijnenfamilie behoorden, maar dat onderscheid maakte Victoire niet. Ze haatte ze.

Dat had ze nog nooit aan iemand verteld. Volgens de officiële versie was ze bang voor de zee en allergisch voor water.

Zelfs haar moeder wist van niets. Sowieso had ze al jaren geen contact meer met haar moeder. Soms belde ze, maar Victoire nam niet op. Ze sprak lange, klaaglijke boodschappen op haar voicemail in, die Victoire nooit beluisterde. 'Snif meisje, snif ik snap het niet, snif ik ben zo eenzaam.'

Blootsvoets op het koude beton, met haar melkfles in de hand, tuurde ze naar de donkere vorm van Central Park ongeveer veertig meter lager. Het park deed haar telkens weer denken aan een mooi geschoren kutje, een perfecte landingsbaan. Met Times Square als een clitoris eronder. Ze was altijd blij als ze uit New York weg kon. Veel te veel water eromheen. Morgenavond zou ze in Parijs zijn, dan zou ze beter slapen. Haar agent had haar een foto gestuurd van het pakket dat hij voor haar had laten gereedmaken in het hotel. Tien blikjes tonijn, een paar pakken hypoallergene vochtige doekjes en een koelbox met zes flessen rauwe melk stonden in haar kamer klaar. Victoire verveelde zich. Ze was schrikbarend ongevoelig voor de pleziertjes en verlangens die de meeste mensen hebben. Eten interesseerde haar niet, ze ging nooit naar een restaurant. Vrienden had ze niet. Wie zou zich kunnen hechten aan een meisje dat op de zolder van haar zielenleven opgesloten zat? En van seks hield ze niet. In feite had ze er geen flauw benul van, ze had het nooit geprobeerd, maar het zei haar niets. Dus hield ze de liefde op afstand. Ze was ooit een keer verliefd geworden op een meisje, maar ze had het haar niet durven vertellen. Omdat ze goed wist dat vroeg of laat dingen als verlangen en seks zouden opduiken en dat ze op dat vlak niets te bieden had. Soms droomde ze ervan gewoon een gelijkgestemde ziel te ontmoeten, iemand die zin had om verliefd te zijn en romantische dingen te doen, zoals samen films kijken, in hetzelfde bed slapen, elkaar omhelzen. Als deze gedachte haar overviel, verjoeg ze die door snel tegen zichzelf te zeggen: wie kan er nu houden van een meisje dat een hekel heeft aan dolfijnen? Iedereen is gek op die klotebeesten. Op zulke momenten pakte ze een kussen in haar armen en voelde hoe er een keurig, rond gaatje midden in haar hart werd geschroeid, als het brandgaatje van een sigaret in een blad papier.

En zo sliep ze in. In haar slaap vergat ze zich vervolgens te verstoppen, ze struinde wat verwilderd door het huis van haar zielenleven, en soms stuitte ze op de trap toevallig op haar herinnering, dan droomde ze over dolfijnen, schrok wakker, gaf over, dronk melk en alles begon weer van voren af aan.

Ze wilde niet in therapie. Voorlopig had ze alles onder controle. En het feit dat haar manager vochtige doekjes, blikken tonijn en rauwe melk in haar hotelkamers moest laten leveren, was tot daaraan toe. Ze nam geen drugs en dronk niet.

Ze zette de lege melkfles op het werkblad en keek op haar horloge. 3.14 uur. Haar vliegtuig steeg om 7.40 uur op, het loonde de moeite niet meer om te gaan slapen. Binnen het uur zou ze naar het vliegveld moeten vertrekken.

Loïc

Ik hou van de nacht. Niet omdat het duister de omtrek van de dingen verdoezelt en de ziel aantast door de grenzen tussen leven en dood op te heffen, of dat soort lullige pseudopoëtische bullshit. Ik hou van de nacht. Punt. Zo zit dat. Zo ben ik altijd geweest, als kind al.

Dus heb ik voor een baan gekozen waarin ik zo veel mogelijk buiten kan zijn als het avond wordt. Ik ben monteur bij de wegenhulp geworden. Overdag slaap ik. Sowieso heb ik weinig slaap nodig. Niet meer dan vier, vijf uur. Van tien tot drie. Als ik niet slaap of onderweg ben voor mijn werk, zit ik op de socials. Op Twitter of Facebook. Ik chat met mannen en soms zelfs met vrouwen, met mensen die ik leuk vind omdat ze 'rechtuit spreken'. En daar hou ik van, van rechtuit spreken, bijna evenveel als van de nacht.

Ik zit ook best vaak in de groep PlayersParadijs.

Een paar maanden geleden is mijn leven veranderd. Bijna alsof ik op mijn vijfendertigste opnieuw werd geboren. Ik ben in die groep beland en heb daar een hoop maten gevonden.

Daarvoor leek mijn seksleven nou niet bepaald op wat ik als puber in gedachten had. Op mijn vijftiende had ik

Pierce Brosnan in de James Bondfilms gezien en had ik besloten dat ik later net als hij wilde worden. Van een casino naar een luxehotel trekken, een martini in de hand en een bloedmooie griet in mijn bed, elke nacht een andere.

Zo is het niet helemaal gegaan.

Ik heb een paar relaties gehad. Zelfs één lange, die zes jaar heeft geduurd. Met Tanya. Voor Tanya zou ik alles hebben gedaan. Ze was een mooi meisje met donkere ogen, een lekker kontje en alles erop en eraan. Voor haar had ik zelfs overdag kunnen leven en 's nachts slapen. Maar ze heeft me bedrogen met een boerenlul, de manager van het restaurant waar ze werkte. Ik had hem al in de smiezen, de klootzak. Al toen ze werd aangenomen zei ik tegen haar: 'Hij neemt je gewoon in dienst voor je kont.'

Ik wist het. Die vent cirkelde als een haai rond mijn meisje.

Ik controleerde haar outfit, parfum en gedrag als ze naar haar werk vertrok. En de berichten op haar telefoon. Ik zag best dat er iets niet klopte. En toen op een dag, boem, zag ik een heel goor bericht: 'Gisteravond heb ik mezelf gevingerd terwijl ik aan jou dacht.'

Ik heb haar eruit geschopt.

En sindsdien niets meer. Er waren wel meisjes die me lekker maakten, maar als puntje bij paaltje kwam, niks, nada.

Over dat soort geweld heeft niemand het. Mokkels die je opgeilen, maar dan niet willen neuken. Mannen die hun vrouw slaan vind ik hufters. Maar dit is bijna net zo erg. Gelijkspel, bal in het midden.

Alles veranderde voor mij op de dag dat ik in de PlayersParadijs-groep belandde.

Ik begon megaveel tutorials te bekijken over 'Hoe word je een betere player', 'De perfecte openingszin in alle omstandigheden' en 'Flowen: teamwork'.

Ik ga niet beweren dat ik even goed kan flowen als die echte romeo's. Kerels die amper tien seconden nadat ze haar hebben aangesproken al met een meisje staan te tongen, ik heb nog steeds geen idee hoe ze dat klaarspelen.

Maar ik heb een strategie bedacht die best aardig werkt als ik de auto moet herstellen van een meisje dat alleen is.

Allereerst probeer ik vriendelijk, vrolijk en relaxed te zijn. Ze moet voelen dat ik een chille kerel ben die goed in zijn vel zit. Dat er niets te verliezen is. En dat ik haar niet probeer te versieren. Of toch niet in het begin. Ik speel gewoon een kerel die het hier naar zijn zin heeft en blij is dat hij zich nuttig kan maken. Ik breng de meisjes aan het praten. Als je vriendelijk, vrolijk en relaxed bent, beginnen ze makkelijk te praten. En dan zeg ik op een zeker moment altijd: 'Tja, het is overal wat, hè? Neem mij nou. Morgen is mijn zusje jarig en ik heb geen flauw idee wat ik haar kan geven. Ik ben gek op haar. Ze is niet zo mooi als jij, maar het is een schatje. Heb jij soms een tip?'

En dan scoor ik vaak. Zoals wanneer je bij een game een harde klap uitdeelt en de levensbalk van je tegenstander wordt gehalveerd. Het meisje glimlacht, ze vindt het cute dat ik een jonger zusje heb en dat ik haar wil verrassen. Dat is het moment om het gesprek op een sneaky manier in de richting van seks te sturen: 'Ik weet niet of ik het zou durven, maar ik weet dat veel meisjes tegenwoordig van seksspeeltjes en zo houden, als vrouw moet je kunnen genieten, je lichaam leren kennen en zo, hè... Zou jij het misplaatst vinden als je broer je zo'n ding cadeau geeft?'

Als het meisje dan niet gechoqueerd is, zeg maar, vraag ik haar of ze er ook een heeft, of ze hem vaak gebruikt en zo...

Is het raak, dan gaan we iets drinken en eindigt de avond bij mij of bij haar thuis.

En af en toe gaat het er zo heet aan toe dat ik haar ter plaatse neuk, in haar auto of in een bosje, als dat er is. Da's het voordeel van nachtwerk. Je kunt bijna overal neuken.

Achteraf deel ik het met de jongens in de Players-Paradijs-groep. We wisselen onze trucs uit. Wat werkt en wat niet. En ook hoe we de chickies laten klaarkomen. Sommigen kicken erop ze helemaal uit hun dak te laten gaan. Mij gaat het meer om de hoeveelheid. Om het aantal nummertjes dat ik scoor. Om toegang te krijgen tot hun lijf. Verder is het altijd een beetje hetzelfde verhaal.

Behalve die avond. Die avond was anders.

Mijn dienst was net begonnen. Het moet, weet ik veel, een uur of tien, elf 's avonds zijn geweest, zoiets. Het was mooi weer. Warm zelfs, mijn spijkerbroek plakte tegen mijn dijen. Ik was blij toen de telefoon ging, ik wilde naar buiten. Op Twitter hadden mijn maten en ik lekker zitten zieken op de tijdlijn van een of ander kutwijf met een te grote bek. Ze had net besloten haar account te verwijderen.

Soms ben ik het zat om zoveel op de socials te zitten, met mensen die ik nog nooit in het echt heb gezien. Soms wil ik gewoon alleen zijn en 's nachts rondrijden. En de mensen een handje helpen. Dat vind ik zo geweldig aan mijn baan, iedereen is altijd blij als ik aankom. Behalve als ik een foutgeparkeerde auto wegsleep natuurlijk, maar die eigenaars krijg ik meestal niet te zien. Ik sleep hun auto weg en verder wordt alles door de juten en de kerel van de autobewaarplaats afgehandeld.

Dit keer belde er een meisje dat aan de telefoon wat opgefokt klonk. Lege tank. Mensen zijn vaak opgefokt als ze een lege tank hebben. Omdat ze zich een beetje schamen. Snap ik best. Hoe kun je in deze tijd nog zonder benzine staan? Ik zeg altijd 'Tja, kan gebeuren, hè' terwijl ik mijn jerrycan pak, maar eigenlijk denk ik: vergeten te tanken, yep, dan ben je wel goed achterlijk.

Het meisje was op een picknickplaats langs de snelweg gestopt. Haar grote zwarte Hummer had ze voor een van de houten tafels geparkeerd. Ze was echt een stuk. Een brunette, niet zo groot, maar atletisch gebouwd. Met donkere ogen die me aan die van Tanya deden denken.

Ik deed zo vriendelijk, vrolijk en relaxed mogelijk.

'Geen paniek, dat overkomt zoveel mensen, vooral op dit stuk weg. Er zit meer dan vijftig kilometer tussen de twee benzinestations. Als je vlak voor het vorige op reserve valt, haal je het volgende al bijna zeker niet. Maar het scheelde niet veel, het is nog maar drie kilometer. Ik zal zo'n tien liter in je tank gooien, daarmee red je het wel.'

'Nee, doe maar vol, ik heb al genoeg tijd verloren.'

'O, maar... dat komt veel duurder uit dan bij het volgende benzinestation stoppen...'

'Kan me geen fuck schelen, doe maar vol.'

Haar donkere ogen flikkerden, ze leek op zo'n groot roofdier dat je in de dierentuin ziet. Die zien er altijd pisnijdig uit omdat ze daar zitten. Als je hun hok zou openzetten, zouden ze iedereen opvreten, dat voel je gewoon. Ook zij zag eruit alsof ze iedereen wel kon opvreten. Zo'n meisje had ik nog nooit gezien. In de PlayersParadijsgroep zeggen ze dat het belangrijk is om vanaf het begin gezag uit te stralen. Net als met kinderen of honden. Of grote roofdieren, die ook. Anders worden we opgevreten en doen vrouwen met ons wat ze willen.

Dus ik zei: 'Oké, ik gooi uw auto vol, maar we gaan wel beleefd blijven, hè?'

Ze keek me aan alsof ze nog maar net doorhad dat ik daar stond. En ik voelde dat dit het goede moment was voor mijn openingszin: 'Het is overal wat, weet je... Neem mij nou: morgen is mijn zusje jarig en ik heb geen flauw idee wat ik haar moet geven. Ik ben gek op haar en...'

Ze onderbrak me: 'Wil je neuken, is dat het?'

'Eh... wat?'

'Jij hebt geen zus, je wilt gewoon neuken. Ik heb wel gezien hoe je naar me keek. En dat verhaal over je zusje, dat gelooft geen hond.'

Ik zette de jerrycan neer en trok een zwaar gechoqueerd gezicht, maar voor ik het wist kwam ze op me af en begon me te zoenen. En toen ging het snel, ik duwde haar naar de picknicktafel. Haar Hummer en mijn takelwagen schermden ons een beetje af voor de snelweg. Ik trok haar hemdje uit, ze had een waanzinnig lichaam, een echt kattenlijf, lenig en gespierd. Ik had nog nooit zo snel gescoord. En als het makkelijk ging, was het meestal een lelijk meisje. Ik wilde echt een foto van haar om aan de andere players te laten zien. Misschien achteraf, als we klaar waren. Of tijdens, zonder dat ze het merkte...

Ze trok mijn shirt uit en liet toen haar trainingsbroek en haar slipje zakken. Het was nog altijd warm, maar er stond nu een fris windje, precies zoals ik het graag heb. Het soort wind dat onweer aankondigt. Een paar meter verderop lag de snelweg en denderden de tientonners in volle vaart voorbij. Bij die grote, langsdreunende massa's krijg ik altijd een raar gevoel, omdat de dood er nooit veraf is.

Toen begonnen we te neuken, zij zat op haar knieën op de bank met haar hoofd en haar armen op de tafel, ik nam haar achterlangs en het was helemaal niet slecht, de picknicktafel knarste als ik bewoog, hij deed zachtjes en ritmisch 'krriek krriek krriek' bij elke stoot en ik genoot van dat geluid, het maakte me bloedgeil, dat zachte 'krriek krriek krriek', als een eekhoorn die op zijn staart wordt getrapt. Ik deed mijn ogen dicht, het meisje maakte weinig geluid maar ze leek het lekker te vinden, ik nam mijn tijd, dacht nergens aan, gewoon mijn broek op mijn enkels, de grote langsdreunende massa's een paar meter verderop en het 'krriek krriek krriek' van de tafel. Het was echt een mooie avond, zo'n geschenk dat het leven je soms geeft zonder dat je goed weet waarom. Alsof het had besloten om zomaar aardig te zijn...

En toen deed ik mijn ogen weer open en daar, een paar meter voor mij, zat een oudje in een rolstoel naar ons te staren. Ze zag er totaal niet gegeneerd uit, ze staarde gewoon naar ons terwijl er een paar heel dunne witte haren boven haar hoofd wapperden. Ze at kersen uit een grote bruine papieren zak op haar knieën. En bij elke kers spuugde ze de pit uit en deed ze 'tff' met haar mond. Ze zat recht onder een lantaarnpaal, dus ik kon haar goed zien. Onder het eten trok ze haar lippen op in een bizarre grimas, en ik kon zien hoe haar grote tanden de rijpe vruchten fijndrukten, eerst vooraan, daarna verdween de kers achter die joekels vol rood sap, het leek wel een vloer en een plafond die op elkaar klapten, waarna ze uiteengingen en weer op elkaar klapten. En ze staarde ons aan terwijl ze kers na kers wegwerkte, razendsnel, alsof ze erin probeerde te stikken met haar mond boordevol vlees en sap. En telkens deed ze 'tff' als ze de pit uitspuugde. Nu en dan hing er aan de pit een rood speekseldraadje dat op haar kin belandde en dat ze met een grote, behoorlijk weerzinwekkende haal van haar tong wegveegde.

Onwillekeurig begon ik langzamer te stoten, dus het 'krriek krriek krriek' vertraagde natuurlijk ook. En toen zag ik dat het oudje mee vertraagde. Ze at haar kersen nog altijd te snel, maar wat minder snel dan eerst. Ik begon te tellen om te kijken of mijn indruk klopte, en ik realiseerde me dat ze precies om de acht krriek-krriek-krrieks een 'tff' deed. Ik stootte nog langzamer en nu leek ze haar kersen in een min of meer normaal tempo te eten.

Ik versnelde weer om te zien hoe vlug het oudje kon, ik bewoog sneller en harder in en uit het meisje. Zij had niets gezien, ze hield haar hoofd nog altijd tussen haar armen. Ik zag alleen haar schouderbladen, haar gespierde schouders en wat haarlokken, het was echt schitterend. Het oudje kauwde ook sneller, ze had moeite om me bij te houden maar ze bracht het er toch niet slecht van af. 'Krriek krriek krriek krriek krriek krriek krriek krriek' – 'tff' – 'krriek krriek krriek krriek krriek krriek krriek' – 'tff' – 'krriek krriek krriek krriek krriek krriek krriek krriek' – 'tff'.

Haar kaken kauwden de vruchten nog maar half en ze spuugde pitten vol vruchtvlees uit, er stroomden dikke straaltjes rood sap over haar kin die ze niet meer tegen probeerde te houden, maar ze hield het ritme aan. Zelf was ik geiler dan anders en ik moest opletten dat ik niet te snel klaarkwam. Ik stootte hard en snel terwijl het oudje en ik elkaar aankeken om te zien wie het eerst zou opgeven.

Op dat moment kwam er een kerel aangelopen, misschien de zoon van het oudje, toen hij ons zag pakte hij de rolstoel zo abrupt beet dat ze er bijna uit viel, duwde haar gejaagd naar een blauw busje en zette haar erin. Ik hoorde nog net een laatste 'tff' voor ze wegreden. Ik kwam klaar. Of het meisje is klaargekomen weet ik niet, ik heb er niet echt op gelet. Ze kwam overeind en trok haar slipje en trainingsbroek op. Ik dacht: shit, ik ben vergeten een foto van haar kont te maken.

'Hoeveel krijg je van me?'

'Mag ik een foto van je?'

'Nee. Hoeveel krijg je van me?'

'Kom op joh, laat me een foto van je nemen en ik zal je matsen.'

Ik was bereid om vijftig euro te verliezen voor die foto.

'Als je het nog één keer vraagt breek ik je arm. Hoeveel krijg je van me?'

Ik liet die foto maar zitten. Ze betaalde en ging er zonder bedankje in haar Hummer vandoor. Per slot van rekening kon ik een kont als die van haar altijd op een pornosite vinden. Dat zou geen afbreuk doen aan mijn verhaal. En ik zou een levende legende worden in de PlayersParadijs-groep.

Alika

Voor het restaurant van het benzinestation zit Alika op een plastic bank te wachten tot ze wordt opgehaald. Haar baas en bazin hadden haar tijdens de vakantie aan vrienden uitgeleend. Zelf waren ze voor een romantisch reisje naar een tropisch eiland vertrokken. De kleintjes waren aan de grootouders toevertrouwd. Haar bazen hadden haar twee weken lang niet nodig, dus hadden ze een berichtje op Facebook geplaatst en vrienden van vrienden hadden erop gereageerd. Zij hadden hun nanny net ontslagen en ze zochten iemand om met de kinderen op vakantie te kunnen gaan. Alika's bazen hadden gezegd: 'U zult zien, het is echt een schat.'

Nu is ze op de terugweg. Aangezien de vrienden van vrienden ver van haar bazen wonen en niemand zin had in een extra autorit, hadden ze afgesproken dat ze haar hier halverwege zouden afzetten. Haar bazen zouden haar over een uur op weg van het vliegveld naar huis komen oppikken.

Alika vraagt zich af of ze er ooit aan zal wennen dat ze als een stuk huisraad wordt beschouwd. En of ze dat op den duur zal worden. Ze laat zich sussen door de warmte, met haar blik op oneindig boven de toppen van de bomen. Ze denkt terug aan verleden winter.

Een skioord aan de voet van de pistes. Het soort plek waar je een handtas van drieduizend euro kunt kopen zonder je ski's uit te doen. Een paar luxehotels, restaurants, een handvol boetieks, een klein dorp. Je kunt er overal te voet naartoe, heel handig.

Van november tot april is alles hier wit. Als de winter niet tijdig komt, klaren de sneeuwkanonnen de klus.

Van november tot april is iedereen hier gelukkig. Zo gaat dat.

Alika kijkt naar de wervelende sneeuwvlokken in het gele schijnsel van een straatlantaarn. Ze lijken wel een stille menigte die tegen de zwarte hemel danst, in de onverschilligheid van de nacht. In de verte ziet ze de lichtkringen van de sneeuwkatten, de onverstoorbare, nijvere schepsels die de skipistes onderhouden. Ze weet wanneer ze er zijn: van zes uur 's avonds tot vier uur 's morgens. Het lijkt maar een detail. Toch voelt ze zich minder eenzaam. Enkele tientallen meters verderop, in de ijzige dwarrelwind, zijn anderen ook aan het werk. Anderen zijn net als zij uit hun bed gejaagd, uit warme, liefdevolle armen.

Wanneer de lichtkringen om vier uur uitgaan, voelt ze telkens weer het stille verdriet van een vrouw die aan eenzaamheid ten prooi valt bij het vertrek van een vriend.

De baby is in slaap gevallen, haar donzige hoofdje rust in de holte van Alika's elleboog. Haar kalme, regelmatige ademhaling is aanstekelijk. Alika voelt dat ook zij gaat indommelen. Wat zou ze het heerlijk vinden om een echte nacht in een bed door te brengen. Een paar uur goede, diepe remslaap. Om haar uitgeputte lichaam te verkwikken, om de stekende pijn in haar nek te verzachten. Maar het kleintje slaapt alleen in haar armen. Misschien zou ze ook in andere armen slapen, maar wie zal het zeggen? Sinds haar geboorte vijf maanden geleden heeft het kind elk uurtje slaap in Alika's armen doorgebracht. Ze zou op bed kunnen gaan liggen met de baby dicht tegen zich aan, maar de moeder van het kleintje heeft haar dat verboden nadat ze een artikel had gelezen over baby's die zo waren doodgedrukt. Alika zag niet in hoe iemand op een baby kon liggen slapen zonder het te beseffen, maar ze had haar bazin niet tegengesproken. Ze spreekt nooit tegen. Dat hebben ze haar geleerd in de school voor huishoudhulpen, thuis op de Filipijnen.

'Spreek uw werkgever niet tegen.'

Ze hadden haar goed ingeprent dat haar houding nog belangrijker was dan haar vaardigheden.

'Glimlach altijd vriendelijk en lieftallig.'

'Wees onderdanig. Als uw werkgever zich over u beklaagt, is daar ongetwijfeld een gegronde reden voor. Luister naar de klacht en probeer uzelf te verbeteren in plaats van een excuus te zoeken.'

Ze hadden haar een handboek gegeven. De basisprincipes van een modelhuishoudhulp, *made in the Philippines*.

Ze had alles snel door. Erg ingewikkeld was het niet.

Het kleintje ruikt naar lauwe melk en hydraterende lotion, Himalayan Mountain Dew. In haar slaap maakt ze zuigbewegingen met haar mondje. Ondanks haar vermoeidheid geniet Alika van wat er binnen in haar gebeurt: de euforische golven die van haar hart naar haar buik stromen, de liefde die ze voor dit slapende wezentje voelt. Maar ze maakt zich geen enkele illusie: binnenkort zal het kind leren haar te minachten, net als haar grote broer.

Het is hun schuld niet, dat weet Alika best. Het is haar lot om te dienen, niet om geliefd te zijn. De kinderen zullen opgroeien. Ze zullen hun ouders nadoen. Als alles goed gaat, blijft ze de komende vijftien jaar bij hen. En dan kan ze weer naar huis.

Die berekening maalt constant door haar hoofd, op het obsessieve af. Vijfhonderdvijfenzeventig euro per maand verdient ze, plus kost en inwoning. Daarvan stuurt ze vijfhonderd euro naar haar man.

Ze is drie jaar geleden aangekomen.

Vijfhonderd euro per maand, twaalf maanden per jaar, drie jaar lang, dat is achttienduizend euro, waarmee de huishoudhulpschool en haar vliegticket al ruimschoots zijn afbetaald.

Vijfhonderd euro per maand, twaalf maanden per jaar, nog eens vijftien jaar lang, dat is negentigduizend euro, genoeg om haar twee kinderen te laten studeren. Dat is de prijs die ze betaalt: achttien jaar van haar leven voor de vrijheid van haar kinderen.

Toen Alika uit de Filipijnen vertrok, waren ze vijf en zeven jaar oud. Een jongen en een meisje. In het begin belde ze hen via Skype, maar na verloop van tijd merkte ze dat ze hen stoorde terwijl ze aan het spelen waren. Ze gaven korte antwoorden, leken verlegen. Ze wist dat haar man bij hen aandrong om haar een plezier te doen.

Nu belt ze alleen maar met hem, één keer per week. Ze zijn allang geen stel meer, alleen teamgenoten die tot elkaar veroordeeld zijn om te overleven. Soms vraagt ze zich af of ze nog wel de moeder van haar kinderen is, of de onzichtbare band tussen hen niet is verdwenen, vervaagd door haar afwezigheid. Zulke gedachten probeert ze eerlijk gezegd uit de weg te gaan, maar huishoudelijk werk is nu eenmaal een activiteit die uitnodigt tot introspectie.

Het gezicht van het meisje vertrekt in haar slaap, gevolgd door een karakteristieke trilling van haar sluitspier. Alika aarzelt. Je laat een baby niet in een vieze luier slapen. Maar haar verschonen betekent haar wakker maken, en dan moet ze haar ook weer in slaap krijgen en dus nog een flesje geven. En Alika herinnert zich maar al te goed dat ze de laatste portie melkpoeder vanavond heeft opgemaakt. Ze had vandaag een nieuwe doos Nutrilon Lactosevrij moeten kopen. (Het kleintje heeft nooit enig teken van lactose-intolerantie vertoond, maar haar moeder had daar een uitgesproken mening over.) Alleen had Alika vanmorgen vergeten haar werkgevers toestemming te vragen om het hotel te verlaten, voordat ze de deur uit gingen voor hun skidag.

'Ga nooit zonder toestemming naar buiten, behalve in noodgevallen.'

Morgenochtend zal ze zo vroeg mogelijk melk gaan kopen. Ze kan van de gelegenheid gebruikmaken om voor zichzelf tampons mee te nemen, want ze is vijf dagen geleden ongesteld geworden en er lijkt maar geen einde aan te komen.

'Denk eraan om maandverband te gebruiken tijdens uw menstruatie.'

Als het kleintje wakker wordt en zij geen melk meer voor haar heeft, kan de situatie snel escaleren: ze zou waarschijnlijk beginnen te huilen, haar broer wakker maken en in het ergste geval ook de ouders, zodat Alika haar nalatigheid zou moeten opbiechten.

'Lieg niet. Geef het toe als u fouten hebt gemaakt. Ontken ze niet tegenover uw werkgever, of uzelf. Anders kan uw werkgever u nooit meer vertrouwen.'

Alika kijkt op de klok. Drie uur 's ochtends. Als het kleintje niet verschoond wordt, ligt ze nog vier uur lang in haar poep te weken. Dat is geen optie.

Plotseling herinnert ze het zich. In de luiertas zitten twee porties melkpoeder, die ze altijd bij zich heeft voor noodgevallen. Precies wat ze nodig heeft: nu een flesje en nog eentje morgenochtend om acht uur. Zodra de ouders zijn gaan skiën, zal ze het grotere broertje bij de sneeuwclub afzetten (als hij erheen wil tenminste) en vervolgens met het kleintje in de draagzak naar het dorp gaan, melkpoeder kopen (met het geld dat meneer haar heeft gegeven) en tampons (met haar eigen geld), zodat ze op tijd terug in het hotel is voor de voeding van elf uur. Perfect. Daarna kan ze zich wassen.

'Neem elke ochtend een bad, en 's avonds voor het slapengaan een douche.'

'Poets uw tanden drie (3) keer per dag.'

De luiertas, de twee porties poedermelk.

Het probleem is dat de luiertas nog steeds in de kamer van de ouders staat (daarvoor zal ze trouwens zeker een standje krijgen, want meneer heeft er een hekel aan als ze 'haar rommel' laat rondslingeren).

De kamer van haar baas en bazin betreden terwijl ze slapen is een grove fout. Dat is zo vanzelfsprekend dat het niet eens in het schoolhandboek staat. Het kan tot haar ontslag leiden en haar een enkeltje naar de Filipijnen opleveren. Of erger. Maar ze moet toegeven dat ze haar nooit ruw hebben behandeld. En ze weet dat ze geluk heeft. Ze hoort regelmatig de verhalen van een paar collega's die ze 's zondags in het park naast het huis van haar werkgevers ontmoet, en ze is zich ervan bewust dat ze het niet slecht heeft getroffen. Mishandeling en verkrachting komen vaak voor.

'Zorg dat u niet zwanger wordt. U moet elke zes maanden een zwangerschapstest ondergaan.'

Haar vriendin Rose was een paar weken geleden zwanger geraakt van haar baas. Alika had haar aangeraden om naar de ambassade te gaan, om er hulp te vragen. Maar Rose had ervoor gekozen zich onder een trein te gooien.

'Ga nooit naar de Filipijnse ambassade tenzij uw leven in gevaar is.'

Alika weet welk risico ze loopt als ze de luiertas gaat halen.

Als ze het niet doet, als ze die billetjes in de poep laat weken, zal er de volgende ochtend hoogstens een lichte uitslag te zien zijn, die de ouders waarschijnlijk niet eens zullen opmerken. De moeder verschoont het kleintje af en toe, de vader nooit. Iedereen lijkt het erover eens te zijn dat het niet zijn taak is om zich met 'zoiets' bezig te houden, en evenmin met alle huishoudelijke rompslomp. Dat is de taak van mevrouw, die zij aan Alika uitbesteedt. Meneer spreekt Alika trouwens zelden of nooit aan.

In het ergste geval zal het kleintje dus een paar dagen last hebben van lichte irritatie, meer niet... Als ze moet kiezen, díé optie of de toekomst van haar eigen kinderen in gevaar brengen, hoeft ze niet te twijfelen.

En toch... Alika vraagt zich af wat voor zieke wereld haar zo'n akelige keuze opdringt. Verrassend is het niet, want er zijn genoeg signalen die op het bankroet van het menselijke avontuur wijzen. Als er daar boven een god bestaat die een lening is aangegaan om zijn bedrijfje in menselijke beschaving op te starten, vindt Alika haar situatie precies het soort geval waardoor hij zichzelf failliet moet laten verklaren. Maar ze is niet eens meer boos. Ze is verdrietig en moe. En ze bedenkt dat dit geen goed teken is. Als haar boosheid weg is, weet ze niet hoe ze het kan uithouden. Het meisje maakt opnieuw zuigbewegingen. Alika's hart smelt. De stroom van tederheid komt weer op gang. Ze heeft medelijden met dit wezentje dat nergens om heeft gevraagd. Medelijden omdat ze haar in haar eigen poep laat slapen, medelijden omdat ze in zo'n lelijke wereld is geboren, ook al is ze aan de goede kant van het hek beland. Omdat ze er niet zeker van is dat er minder ellende is aan deze kant. Een traan spat op het vederlichte donshaar.

'Huil niet. Werkgevers houden er niet van en ze denken dat tranen ongeluk brengen.'

Ze kan het kleintje zo niet laten liggen. Niks aan te doen.

Alika staat op en legt de baby in haar wieg, een mooie rieten halve bol die door het hotel ter beschikking is gesteld.

Ze weet dat ze nu nog maar één minuut heeft, want het kleintje zal heel snel wakker worden.

Ze gaat de slaapkamer uit. De suite heeft een zitkamer, twee slaapkamers, één voor de ouders en één voor de kinderen (en Alika), een badkamer met een jacuzzi (honderdvijftig liter water per bad, per kind, per dag) en een doucheruimte.

Ze loopt door de zitkamer. Het dikke, zachte tapijt dempt haar voetstappen. Door het grote raam ziet ze de spookachtige massa van de bergen en de lichtkringen van de sneeuwkatten. Het is nog geen vier uur. De schuifdeur naar de masterbedroom is uiteraard gesloten. Alika hoopt dat ze de deur niet op slot hebben gedraaid. Nee. De deur glijdt sissend open. De geur van het nachtserum van mevrouw, Eternal Youth Elixir van Laboratoires Valdieu, en van hun adem die naar rode wijn en fijne vleeswaren ruikt. Haar bazen liggen licht te snurken. Ze hebben de zware, ton sur ton bedrukte overgordijnen dichtgetrokken en de kamer is in een ondoordringbare duisternis gedompeld. Alika kan geen hand voor ogen zien. Ze loopt blindelings de kamer in en gaat af op haar ruimtelijk geheugen. De luiertas moet op de leunstoel naast het bureautje staan, tegenover het bed. Nu maar hopen dat niemand hem heeft verplaatst. Het kleintje begint zacht te jengelen, wat al snel in gehuil zal overgaan. Er is geen tijd meer te verliezen. Ze zet twee grote stappen in de goede richting, denkt ze. Met haar rechter grote teen stoot ze ergens tegenaan. Een poot van het smeedijzeren bureau. Een stekende pijn schiet door haar voet. Alika onderdrukt de vloek in het Filipijns die haar bijna ontsnapt. Het gesnurk van een van de twee stokt. Ze durft geen vin meer te verroeren en houdt haar adem in. Waar zij nu staat, kan niemand haar zien, het is te donker. Maar de schuifdeur staat open. Een blauwige rechthoek steekt af tegen de duisternis. Als een van de ouders wakker wordt, zal die onmiddellijk merken dat er een indringer in de kamer is. Haar teen klopt van de pijn. Iemand beweegt in het bed, een van de twee draait zich om. Ze sluit haar ogen, alsof ze daardoor minder zichtbaar wordt. Het gejengel van het kleintje zwelt aan tot een klaaglijk gejammer. Alika houdt haar adem in. Meneer slaakt een lange zucht, hij reutelt bijna. Hij snuift en schraapt zijn keel.

En dan niets meer. Alika herademt. Ze steekt haar hand uit naar de plaats waar de leunstoel zou moeten staan. Haar vingers raken het koele nerfleer van de luiertas. Ze grijpt het handvat en draait zich om. De blauwe rechthoek. De weg naar buiten zal veel gemakkelijker zijn. Haar blote voeten zakken in het zachte tapijt. Ze hoopt maar dat haar teen niet bloedt. Net als ze weer in de zitkamer is, snuift meneer nog eens.

Alika schuift de deur dicht, biddend dat niemand door het sissende geluid wordt opgeschrikt. Ze haast zich naar de slaapkamer, waar het kleintje in haar rieten cocon begint te blèren.

Alika staart naar de wervelende sneeuwvlokken in het gele schijnsel van de straatlantaarn. In haar armen is het kind – schoon en verzadigd – weer in slaap gevallen.

De koplampen van de laatste sneeuwkat gaan uit.

Alika drukt haar pijnlijke nek in het fluweel van de leunstoel en sluit haar ogen.

Haar eigen kinderen zullen op dit uur wel op school zitten, aan de andere kant van de wereld. Zolang ze aan hen denkt, kan de onzichtbare draad niet breken. Zelfs als ze vergeten zijn wie zij was.

'Ga niet in een comfortabele stoel zitten in het bijzijn van uw werkgever.'[1]

---

1 De citaten komen uit het handboek van de Abest School (Manilla, Filipijnen) voor toekomstig huishoudelijk personeel. Bron: Julien Brygo, 'Soyez humble', *Le Monde diplomatique*, september 2011.

Sébastien

De koelkast begon weer te zoemen en Mauricio dacht: ik heb het helemaal gehad met dit kloteleven.

Sébastien was nog niet eens thuis van zijn werk en Mauricio had al zin om in bed te kruipen. Maar dat kon niet, want ze hadden een etentje. Het leek belangrijk voor Sébastien. Mauricio had zijn middag grotendeels luierend op de bank doorgebracht. Hij moest muziek componeren voor een korte film. Hij installeerde zich rond twee uur met zijn gitaar en dacht toen: ik heb het helemaal gehad met die gratis klussen. De koelkast begon te zoemen, hij stond op, sloeg met zijn vlakke hand op de zijkant, wat niet hielp, toen plofte hij weer op de bank neer, keek een serie en de middag was weggetikt. Nu was het acht uur, Sébastien zou dadelijk thuiskomen en hij moest nog douchen. En dan dat etentje doorkomen.

Het was bij Juliette, Sébastiens collega die de kassa van het benzinestation deed. Sébastien had het vaak over haar. 'Een wat sneu meisje, maar ontzettend geestig.'

Mauricio hield er niet van om nieuwe mensen te ontmoeten. Hij hield niet van de clichés die in het begin worden uitgewisseld. Clichés als 'Hallo, wat doe je in het leven?' – 'O, klinkt leuk'. Mauricio hield van vertrouwelijkheid.

Hij stond onder de douche toen hij Sébastien hoorde thuiskomen en het refrein hoorde zingen dat hij momenteel in zijn hoofd had. Dat was typisch Sébastien. Hij kon weken aan één stuk hetzelfde liedje zingen. Heel wat mensen zouden zich daar vast aan ergeren, dacht Mauricio, maar hij niet.

Sébastien kwam de badkamer binnen.

'Ik moet me ook even opfrissen, ik kom erbij.'

Hij trok zijn kleren uit en stapte bij Mauricio onder de douche, die zich snel afspoelde, want hij wist hoe het zou gaan. Sébastien zou de waterstraal nodig hebben, want die was te dun voor twee, ze zouden elkaar moeten aflossen en Mauricio zou het koud krijgen. Hij gaf Sébastien een kus en stapte uit de douche.

'Om hoe laat verwacht ze ons, die vriendin van jou?'

'We hebben afgesproken om negen uur.'

Mauricio hield er niet van om zo laat te eten.

Ze gingen met de tram. Juliette woonde vlak bij het eindpunt.

'Heeft ze gezegd wat we gaan eten?'

'Nee. Heb je zin in iets bijzonders?'

'Nee.'

Ze kwamen aan bij het eindpunt. Sébastien droeg de fles witte wijn.

Ze liepen een minuut of tien. Het traject voerde hen voorbij de reclameborden van het winkelcentrum, vervolgens onder de snelwegbrug, en verder in de richting van de hoogspanningslijnen. Daar stond een rijtje huizen, een laatste stuiptrekking van de stad voor de velden.

Sébastien kende de weg, hij was na het werk al eens bij Juliette langsgegaan voor een drankje.

Mauricio besefte dat hij misschien tegen dit etentje opzag omdat Sébastien hem had verteld dat Juliette en haar vriend twee kinderen hadden. Niet dat Mauricio iets tegen ze had, hij vond gewoon dat het leven van mensen met kinderen zo troosteloos en ingewikkeld leek. Bij de weinige vrienden die er hadden gekregen, had hij verbijsterd gezien hoe alles veranderde. Als ze al een mooi interieur hadden, stond dat nu vol met functionele maar lelijke spullen. Een kinderstoel, een loopstoeltje, een Babycook, zuigflessen, een speelmat, een autostoeltje, een luiertas en andere gadgets waarvan hij niet wist waar ze voor dienden. Vaak van plastic en in schreeuwerige kleuren.

Hij vond ook dat baby's naar zure melk en vuile luiers roken.

Misschien zou hij op een dag zelf kinderen hebben, je kon nooit weten, maar dan had hij veel geld nodig, een groot huis en een garage om zo veel mogelijk van die spullen in op te bergen. En misschien een nanny om voor het kind te zorgen.

Ze kwamen bij een klein rijtjeshuis, een arbeiderswoning zonder voortuin, tegenover een paar industriegebouwen.

Juliette deed de deur open. Een step en een wandelwagentje versperden het halletje. Juliette was een grote, slanke dertiger.

Sébastien gaf haar de fles wijn. Ze schoot in de lach en zei: 'Goh, wat een verrassing!'

Waarschijnlijk hebben ze die na het werk samen uitgekozen, dacht Mauricio.

'Juliette, dit is Mauricio. Mauricio, dit is Juliette.'

'Ik heb het gevoel dat ik je al ken! Sébastien heeft het de hele tijd over jou. Als hij niet aan het zingen is.'

'Ja, ik heb ook veel over jou gehoord.'

'Kom binnen!'

Ze liepen achter haar aan naar de woonkamer. Een kerel zette een kommetje pistachenoten op de tafel.

'Dit is Damien!'

Juliette richtte zich tot Mauricio, want blijkbaar kenden Damien en Sébastien elkaar al.

'Hallo!'

Het was een heel knappe vent. Mauricio vond dat hij best acteur had kunnen zijn. Niet speciaal vanwege zijn gezicht, het ging om het geheel, er zat een bepaalde harmonie in. Het uiterlijk van deze kerel vormde een harmonieuze eenheid waarin alle stukjes perfect bij elkaar pasten.

Sébastien pakte Mauricio bij zijn mouw en troonde hem mee naar de woonkamer, die uitkeek op de straat. Een grote, gladde, roze zeug lag lekker te luieren over de volledige lengte van de bank.

Juliette zei: 'Ze heet Estelle. Je mag haar aaien.'

De zeug bekeek Mauricio nieuwsgierig, bewoog haar vochtige snuit naar hem toe en liet hem haar kop aanraken. Haar vel was zacht en lauwwarm, en nauwelijks meer behaard dan mensenhuid.

Toen Sébastien in haar nek krabde, deed ze haar ogen dicht en legde haar kop op de bank.

Damien was in de eetkamer gebleven. Hij zat knikkend pistachenootjes te pellen.

Mauricio vroeg: 'En de kinderen? Liggen ze al in bed?'

'Nee, ze zijn bij de ouders van Damien. We hebben een weekend voor onszelf.'

Ze gingen om de tafel zitten. Damien zat nog steeds te knikken, alsof hij instemde met een stem die alleen hij hoorde. Hij had alle gepelde pistachenootjes in een lange rechte lijn gelegd.

'Liefje, wil jij even glazen halen?' Hij keek naar Juliette alsof hij net had opgemerkt dat ze er was, en ging toen in de keuken glazen halen.

'Damien werkt in het slachthuis, op vrijdag is hij vaak doodop. Ik maak linzendal, lusten jullie dat?'

Mauricio en Sébastien antwoordden in koor: 'Ja hoor, prima', maar Mauricio was afgeleid door wat Juliette ervoor had gezegd. Damien werkte in het slachthuis. Ze moest het er met Sébastien over hebben gehad, waarom had hij hem dat dan niet verteld? Zoiets hoorde je niet iedere dag. Mauricio wilde hem dolgraag uitvragen. Hoe zag een slachthuis er eigenlijk uit? Wat deed Damien daar precies? Slachtte hij dieren of versneed hij ze? Mauricio had er graag meer over willen horen. Het is zoals bij mensen die uit een oorlog terugkeren, je weet dat ze bepaalde dingen hebben gezien. Je wilt er meer van weten, maar durft niets te vragen. Mauricio bedacht dat hij best een keer een slachthuis zou willen bezoeken.

De wijn werd ingeschonken en Damien rolde een joint.

'Blowen jullie?'

Toen Sébastien en Mauricio knikten rolde hij er een

tweede. Hij deelde die van hem met Juliette en gaf de andere aan zijn gasten.

Juliette maakte de dal klaar. Mauricio hield van die geur, een mix van gember, kokos, komijn en nog andere specerijen die hij niet kon thuisbrengen, maar die hij lekker vond ruiken. De geur paste goed bij die van de wiet, het effect van de joint paste goed bij dat van de wijn, en Mauricio vond dat het leven soms minder klote was dan anders. Terwijl hij er een paar uur geleden tegen op had gezien van de bank af te komen, was hij nu blij hier te zijn, samen met dit stel en hun varken. Hij keek naar Damien, die hij met de minuut knapper vond. Zijn geknik nam af, en hoe meer hij dronk en rookte, hoe nuchterder en alerter hij leek.

Juliette serveerde naan met look en een kom yoghurt met citroen bij de dal, en er werd een tweede fles wijn ontkurkt. Op een zeker moment kwam Estelle van de bank af en liep naar de tafel, waarbij haar hoeven een pok-pok-pokgeluid op de vloer maakten. Ze legde haar dikke kop op Damiens knieën.

'Nee, je weet best dat je niets krijgt, schoonheid.'

Juliette zei: 'Gek hè, helemaal in het begin, toen ze pas bij ons was, heeft Damien haar één keer iets toegestopt aan tafel en sindsdien komt ze elke dag bedelen. Die beesten hebben een geweldig geheugen.'

Mauricio vroeg zich af of Damien in het slachthuis varkens slachtte.

Estelle gaf het op, liep de keuken door en ging een wandelingetje in de tuin maken.

Juliette en Sébastien praatten over hun werk in het

benzinestation, over hun onuitstaanbare baas, over een collega die ze ervan verdachten 'speciale gunsten' aan de baas te verlenen om haar baan te kunnen behouden en over de gore dingen die achter de wc-deuren gebeurden.

'Je kent Rita, toch? Zij verzamelt onverkochte shopartikelen en verkoopt die aan de daklozen onder de snelwegbrug. Eigenlijk moet ze alles met bleek besproeien, maar ze houdt die spullen achter en verkoopt ze door. O, niet duur, hoor, voor één of twee euro. Maar alles samen verdient ze er minstens tien euro per dag mee. En ze beweert dat ze het uit naastenliefde doet.'

Estelle kwam binnen uit de tuin en klauterde weer op de bank.

'Hebben jullie nog plaats voor een portie tiramisu?'

Damien stak een nieuwe joint op, hij zag er weer afwezig uit.

Mauricio at een groot stuk tiramisu en vond dat ook het dessert goed bij de joint en de wijn en de geur van de specerijen paste. Het was nog niet laat. Hooguit elf uur.

Juliette ontkurkte nog een fles wijn. Damien zat weer te knikken. Hij rolde de ene joint na de andere.

Juliette vroeg Mauricio naar zijn werk.

'O, voorlopig verdien ik niet veel, maar ik componeer, maak demo's, doe audities...'

Hij ging er liever niet op in. Sinds hij twee jaar geleden was afgestudeerd aan het conservatorium, liep het eerlijk gezegd niet zoals hij het zich had voorgesteld. Gelukkig woonde hij samen met Sébastien, die de huur betaalde, maar Mauricio had het daar steeds moeilijker mee. Hij had gehoopt een groep op te richten, en dat het een succesverhaal zou worden. Dat de groep zou touren en contracten zou binnenhalen. En dat Sébastien hun manager zou zijn. Op die manier zouden ze bijna altijd samen zijn, reizen en zich een huis aan zee kunnen permitteren.

Maar voorlopig wilde het allemaal niet lukken en Mauricio voelde zich zo nutteloos als een dildo in de hand van de paus.

Plotseling werd zijn aandacht getrokken door Damien. Die zat nog altijd zijn joint te roken en dikke tranen spatten geluidloos op het met Chinese tekens bedrukte tafelzeil.

Juliette leek niet echt verbaasd, alleen een beetje opgelaten. Ze streelde zijn hand.

'Liefje, ik denk dat het tijd wordt dat je gaat slapen...'

En tegen Mauricio en Sébastien zei ze: 'Dat heeft hij wel vaker hoor, geen zorgen.'

Damien duwde haar arm weg en stond op, alsof hij een besluit had genomen. Hij liep naar de keuken, ze hoorden een lade open- en dichtgaan en hij kwam de eetkamer weer binnen met een groot mes.

Hij liep naar de zitkamer en knielde bij de zeug die weer in slaap was gevallen op de bank. Hij begon te snikken met zijn armen om haar heen en met zijn gezicht in het roze vlees van haar nek.

'Maak je geen zorgen, hij doet haar niks, dit gebeurt wel vaker, maar hij zal haar geen pijn doen.'

Damien legde het mes tegen Estelles hals en begon haar te aaien met de platte kant van het lemmet.

'We moesten maar eens naar huis gaan.'

Sébastien had het heel stilletjes tegen Juliette gezegd,

alsof hij bang was haar te breken. Mauricio staarde naar Damien, die nu als een klein kind zat te huilen, met lange uithalen die door het hele huis klonken.

Juliette legde haar hand op Sébastiens voorarm.

'Blijf alsjeblieft nog even, ik...'

Haar stem stokte.

'Het is elke vrijdag hetzelfde liedje, daarom brengen we de kinderen naar zijn ouders...'

Onthutst keek Mauricio weg van Damien en Estelle en wisselde een blik met Sébastien. Toen vroeg hij: 'Mag ik muziek opzetten?'

Juliette knikte.

Mauricio haalde zijn mobieltje uit zijn zak en sloot het aan op de kleine box op de schouw. 'Nine' van Patti Smith.

Haar stem klonk bezwerend. Sébastien schonk bij, Mauricio pakte wiet en tabak voor een nieuwe joint. De elektrische gitaar klonk door de kamer. Juliette huilde. Mauricio voelde zich opmerkelijk goed. De grens tussen hemzelf en de wereld werd wazig. Zijn huid vervaagde, zijn geest loste op, Damiens gejammer ging door hem heen. Dat was geen onverschilligheid. Integendeel. Ze moesten blijven en het opvangen. Hij stak de joint op. Duizenden geesten kwamen prevelend naar hem toe. Ze namen de woonkamer, de eetkamer, het hele huis in. Ze waren totaal niet vijandig, maar ze bloedden, ze traanden van een pijn die leek op die van Damien. Toen begonnen ze te dansen. Honderden, duizenden schimmen. Mauricio wilde met ze meedansen. Sébastien stelde een potje yahtzee voor. Juliette wilde wel meedoen. Mauricio reageerde niet. Patti Smith riep hem vanaf een dorre, gebarsten vlakte in Nebraska en danste met een kudde wilde paarden. Mauricio kwam overeind en begon met haar en de paarden en alle bloedende geesten te dansen. Damien liet het mes los toen hij tegen de zeug aan indommelde. Het geluid van de dobbelstenen die tegen elkaar tikten.

Mauricio sloot zijn ogen en bleef maar dansen. Meerdere joints en meerdere nummers lang. Alle pijn ging door hem heen maar hij voelde zich nuttig. Hij wilde dat dit nooit ophield. Zodra hun leed was verlicht, verdwenen de geesten in vrede. De zeug keek hoe Mauricio danste. Hij wist dat ze van hem hield, en hij hield ook van haar.

Op een gegeven moment pakte Sébastien hem bij de arm.

'Gaan we naar huis, lieverd?'

Juliette liep met hen mee naar de deur, Sébastien omhelsde haar. Daarna was het Mauricio's beurt.

'Mogen we volgende vrijdag terugkomen?'

Ze volgden dezelfde weg terug naar het eindpunt. Sébastien liet zijn hand in die van Mauricio glijden. Ze liepen een hele poos. Op dit uur reden er geen trams meer.

Olivier

'Ik schaam me kapot, Monica! Ik schaam me echt kapot!'

Olivier rijdt steeds sneller. Hij is buiten zichzelf van woede. Achter in het busje maakt Julie zich een beetje kleiner. Ze heeft haar man nog nooit woedend gezien. Het oudje op de passagiersstoel kijkt recht voor zich uit. Olivier heeft haar nooit 'oma' of 'opoe' genoemd, of een van de vele andere namen die mensen aan hun grootmoeder geven. Misschien omdat hij haar niet als zijn grootmoeder ziet. En hij ziet haar waarschijnlijk niet als zijn grootmoeder omdat zijn vader haar niet als zijn moeder ziet.

Maar als Olivier haar niet als zijn grootmoeder beschouwt, waarom voelde hij zich dan verplicht om te zeggen: 'Oké, ik regel het wel', toen zijn vader hem vroeg of hij dat wilde 'afhandelen'?

Dat 'afhandelen' betekende haar ophalen in haar huisje diep in een drassig bos en haar wegbrengen, maar waarheen? Hij had geen flauw idee. Het enige wat zijn vader hem had verteld was dat de sociale dienst had gebeld, dat de eigenaar van het bos er een paintballterrein van wilde maken, dat het huis waarin ze woonde gesloopt zou worden, dat ze nooit op brieven en ingebrekestellingen had gereageerd, dat het huis bovendien aan geen enkele bouwkundige norm voldeed, dat de uitzettingsprocedure 'geheel volgens de regels' was verlopen en dat men had besloten dat een oude dame van boven de negentig sowieso niet meer alleen diep in een bos moest wonen, maar in een zorginstelling.

Olivier had gezucht. Hij had zijn vader gevraagd waarom hij het niet door de sociale dienst liet oplossen, en zijn vader had geantwoord: 'Doe gewoon wat ik je vraag! Het is nu eenmaal zo en niet anders. Begrijp je dat? Hè? Kun je dat begrijpen of ben je daar te egoïstisch voor?'

Olivier had aangevoeld dat dit niet het moment was om tegen te sputteren. En hij had al genoeg problemen. Hij had Julie gevraagd om met hem mee te gaan.

Monica heeft in de wagen geen woord gezegd sinds ze uit het bos zijn weggereden. Olivier weet niet of ze nog kan praten, of er nog twee hersencellen met elkaar verbonden zijn in die bijna honderd jaar oude schedel.

Een uur eerder was hij met het busje dat hij had gehuurd zo ver mogelijk over de onverharde weg het bos in gereden, en hij had tegen Julie gezegd dat ze bij de auto op hem moest wachten. 'Ik kom je halen als ik hulp nodig heb.' Vervolgens was hij te voet verder gegaan naar het kleine huis, met een ingeklapte rolstoel in de hand. Hij wist niet of Monica kon lopen en was op het ergste voorbereid.

Toen hij in de laagstaande zon van de vroege avond voor het met klimop overwoekerde huis stond, schoot hem een vreemd beeld te binnen. Een scène uit *Beethoven*, een film die hij als kind vijfentwintig keer had gezien. Een familiekomedie met een sint-bernard. Op een bepaald moment moet de vader van het gezin met Beethoven naar de dierenarts om hem te laten inslapen en hij staat met een begrafenisgezicht voor de kooi van de hond, met zijn halsband en riem in de hand. De hond kijkt hem aan, begrijpt het, en volgt hem gewillig.

Olivier liep met de rolstoel in zijn hand tot bij de houten deur. Hij klapte de rolstoel uit en nog voordat hij kon aankloppen, deed Monica de deur open. Zonder hem aan te kijken ging ze in de stoel zitten.

Hij stamelde: 'Dag Monica, papa heeft me gevraagd je te komen...'

Maar ze leek hem niet te horen. Ze was gewoon gaan zitten, met een kleine leren tas op schoot, alsof ze was gewaarschuwd voor zijn komst.

Hij vroeg: 'Heb je geen spullen die mee moeten? Is dit alles wat je meeneemt?'

Olivier had geen idee hoe het er in een verzorgingshuis aan toe ging. Moest je je eigen bed meenemen? Je eigen matras? Er moesten toch een paar dingen zijn waar ze aan gehecht was, die haar bij wijze van spreken gezelschap konden houden, een paar aandenkens, íéts...

Hij keek even naar haar, hoe ze daar zat in de rolstoel, met rechte rug en starende blik, en stapte toen het huis binnen. Het bestond uit één vertrek van ongeveer dertig vierkante meter dat naar kaneel en rottende bladeren rook en door de zon en drie kandelaars met flakkerende vlammetjes werd verlicht. Er stonden maar een paar kleine houten meubelen en een porseleinkast met een vitrine waarachter niets meer te zien was dan één servies van zes kopjes, zes borden, zes kommen en zes glazen. Aan een balk in het midden van de kamer was een hangmat bevestigd. Een groot roze net met franjes, dat eruitzag alsof het met de hand was gehaakt in Yucatán. Olivier dacht: daar kan die ouwe taart op haar leeftijd toch niet in slapen? Hij keek eens goed rond in de kamer, maar er stond geen 'normaal' bed, wat betekende dat Monica echt in die hangmat sliep.

Hij veegde met zijn hand over zijn voorhoofd, masseerde zijn ogen met zijn duim en wijsvinger en geeuwde, terwijl hij bij zichzelf dacht dat het best goed ging, dat het gemakkelijker was dan hij had gevreesd.

Hij liep het huis weer uit. Monica zat nog steeds in haar rolstoel op hem te wachten, starend in de verte. Hij vroeg zich af of het berusting was, chagrijn of een vorm van dementie.

Hij zei: 'Ik kom terug, niet weglopen.'

Hij moest plassen. Hij had zo lang mogelijk gewacht, want sinds vanmorgen deed plassen afschuwelijk veel pijn. Alsof er een straal gesmolten lava uit zijn plasbuis kwam. Hij had zijn eerste antibioticatablet in de vroege namiddag genomen zonder op de uitslag van een eventueel onderzoek te wachten, want hij had helemaal geen zin om dit nog een dag langer te moeten verdragen.

Hij piste tegen een eik en zoals verwacht kreunde hij van de pijn en sprongen de tranen hem zelfs in de ogen. Toen besefte hij dat hij zijn pak desinfecterende doekjes in de auto had laten liggen en dat hij dus ettelijke minuten zou moeten wachten om zijn handen te ontsmetten, wat hij erg vervelend vond.

Hij keerde terug naar Monica, die zich nog steeds niet had verroerd, maar hem dit keer wel aankeek. Met een blik waaruit hij niets kon afleiden.

Alsof hij zich wilde rechtvaardigen, vroeg hij: 'Heb je de ingebrekestellingen niet gekregen?'

Ze antwoordde niet, dus begon hij de rolstoel maar naar de auto te duwen.

De dunne wielen zakten weg in het rottende bladertapijt. Olivier duwde op de handgrepen om de rolstoel achterover te kantelen en de kleine voorwielen op te tillen. Maar zelfs op die manier kostte het hem enorm veel moeite Monica in beweging te krijgen. Badend in het zweet duwde hij met zijn volle gewicht tegen de rolstoel, ver voorovergebogen, zodat zijn gezicht een paar centimeters boven haar fijne, witte haren hing, die ook naar kaneel en rottende bladeren roken. In feite rook alles hier naar bederf. Olivier dacht aan de duizenden organismen die onder zijn voeten krioelden, wormen, pissebedden, mijten, springstaarten, bacteriën en schimmels, en hij onderdrukte de neiging om te kokhalzen. In gedachten foeterde hij, want Monica stond op haar benen toen ze de deur voor hem opendeed, ze kon dus lopen en hem deze moeite besparen, maar hij wilde het haar niet vragen.

Uiteindelijk stopte hij en riep: 'Juliíííé!'

Het zweet liep al over zijn rug, daar had hij een hekel aan. Zo werd hij met zijn neus op de feiten gedrukt: op zijn vijfendertigste had hij de conditie van een astmatische panda. Eigenlijk moest hij tien kilo afvallen, minder eten en meer bewegen. Dat wist hij best. En hij vond het ergerlijk dat het leven hem met zijn neus op de feiten drukte. Julie was nu bij hem. 'Dag mevrouw!' begroette ze Monica, die alleen met een lege blik reageerde. 'Help me even, in mijn eentje krijg ik haar nooit de helling op.' Julie keerde het oudje de rug toe, hurkte voor de rolstoel neer en schoof haar handen onder de voetsteunen. 'Eén, twee, drie.'

En ze hielp hem haar op te tillen. Dat vond Olivier zo fijn aan zijn vrouw. Alles was zo eenvoudig met haar. Ze sputterde nooit tegen, deed nooit moeilijk, stelde nooit vragen. Monica liet zich als een keizerin in een draagstoel meevoeren en nam in stilte afscheid van dit bos dat ze nooit meer zou zien. Ze had er meer dan veertig jaar gewoond. Haar ziel had hier wortel geschoten, in deze kleine groen-bruine vallei. Bij elke centimeter onderweg naar de top van de helling verloor ze een stukje van zichzelf. Ze voelde Oliviers adem in haar nek, het leek alsof hij elk moment een hartaanval kon krijgen, hij hijgde zo amechtig dat hij niet meer kon spreken en zijn gezicht zag zo rood als een kreeft. Eenmaal op de top van de heuvel hielp Julie Monica in de auto. Ze gaf haar een zak kersen. 'Die hebben we onderweg opgepikt, we dachten dat u misschien honger zou hebben.'

Een uur later is Olivier weer rood en buiten adem. Maar dit keer van woede. Wat bezielde haar in godsnaam, waarom zat ze naar die mensen te kijken? En die twee dan, die daar zomaar aan het copuleren waren op een picknickplaats langs de snelweg, waar ging het heen met de wereld? Hij deed dat toch ook niet? En die ouwe taart bleef er doodleuk naar kijken! 'En zit niet steeds pitten in de auto te spugen!'

Met bevende handen omklemt hij het stuur. Van achterin komt de stem van Julie: 'Olivier, misschien moet je niet zo hard rijden...'

Hij merkt ineens dat hij het gaspedaal in zijn razernij diep heeft ingetrapt en nu sneller dan honderdzeventig kilometer per uur rijdt, en dat het busje trilt door het hoge toerental van de motor.

'Je hebt gelijk, Klaproosje, het spijt me.'

Monica blijft onverschillig kersen eten.

Het woon-zorgcentrum dat Olivier heeft gebeld kan het oudje pas over een week opvangen, dus in de tussentijd heeft hij een hotel geboekt. Julie en hij hebben thuis geen plaats voor haar. Bovendien wonen ze in één huis met zijn ouders en zijn vader wil Monica niet zien.

Olivier begint zich af te vragen of die hotelkamer wel een goed idee is. Wat als ze iets stoms doet? Wat als ze de minibar leegzuipt? Wat als ze in bed pist? Alles welbeschouwd heeft hij geen idee, hij kent haar niet. En het hotel heeft zíjn creditcard als garantie. Waarom moet hij voor dat oude vrouwtje zorgen dat hij niet eens als zijn grootmoeder beschouwt? Hij begint het zijn vader kwalijk te nemen dat hij dit probleem op hem heeft afgeschoven.

Monica is de biologische moeder van zijn vader, Roger. Maar zij heeft hem niet opgevoed. Olivier weet alleen dat ze hem bij zijn geboorte heeft afgestaan, toen ze zestien was.

Monica kwam pas jaren later weer in Rogers leven, toen hij medicijnen studeerde. Het was een schok voor hem geweest. Hij wist niet dat hij was geadopteerd.

Olivier weet er verder niets over, behalve dat zijn vader erg geleden heeft onder de hele zaak. Olivier heeft zijn adoptiegrootouders nooit gekend, want ze waren al dood toen hij werd geboren.

'Breng me naar Luxemburg.'

De stem van Monica weerklinkt ineens, gruizig als asfalt. Olivier antwoordt bijna: 'O, dus je kunt wel praten?' Maar hij bedenkt zich. Hij haalt eens heel diep adem. Aan de kant van de weg geeft een bord aan dat er twee kilometer verderop een benzinestation is.

'Nee, ik breng je naar het hotel. Over een paar dagen kun je naar een verzorgingshuis, dat is het plan.'

'Als je me naar Luxemburg brengt, is er geen hotel nodig, geen verzorgingshuis, geen gedoe, het kost jou geen cent en je bent van me af. Vertel je vader maar dat ik al weg was toen je bij mijn huis aankwam en dat je geen flauw idee hebt waar ik ben, einde verhaal, iedereen blij. En ik beloof je dat je nooit meer iets van me zult horen.'

Olivier antwoordt niet. Hij kijkt snel naar Julie in de achteruitkijkspiegel. Hij moet alweer plassen. In zijn ontstoken, brandende plasbuis wordt een ware loopgravenoorlog uitgevochten. Door de pijn en de jeuk kan hij niet meer nadenken. Hij wil eigenlijk gewoon naar huis, een warm bad nemen, zichzelf knock-out slaan met slaappillen en in bed kruipen. Julie kijkt uit het raam met een nietszeggende blik, helemaal gefocust op de onpeilbare massa van het bos. Heeft ze het gesprek wel gevolgd? Olivier realiseert zich ineens dat ze de laatste tijd erg afstandelijk is. Alsof ze zich nergens meer voor interesseert. Zou ze soms eindelijk zwanger zijn?

Het benzinestation doemt achter de bomen op. Monica draait haar hoofd naar Olivier, spuugt een kersenpit uit die op zijn wang afketst en in zijn schoot belandt. 'Gadverdamme!!! Dat is walgelijk!'

Monica stoot een rochelende rokerslach uit.

Olivier zet zijn richtingaanwijzer op en gaat de uitvoegstrook op. 'Ik ben helemaal klaar met je, Monica!'

Hij moet echt plassen. Die kersenpit naar buiten gooien. Zijn wang en handen ontsmetten. Verder ziet hij wel. Hij kan haar net zo goed daar achterlaten, op het parkeerterrein van dat benzinestation. Als ze zoveel van het bos houdt, moet ze er maar naar terugkeren. Laat ze maar creperen tussen de varens en de paddenstoelen. In deze hittegolf zal ze niet doodgaan van de kou. Misschien gaat ze dan in het wild leven, zwerft ze halfnaakt door het bos en voedt ze zich met eikels en wortels. En op een dag valt ze misschien in slaap aan de rand van een moeras, slokt de modder haar op en dat is het dan. Haar oude, nutteloze bestaan zou eindigen en niemand zou erom rouwen. Vooral hij niet.

Hij vindt het een prettig idee. Het vooruitzicht dat hij over een uur in bed zal liggen, met een flinke dosis slaapmiddel in zijn aderen. En wat rust, eindelijk.

Victoire II

Victoire was tevreden over de kleine SUV die ze had gehuurd. De auto, die naar nieuw rook, lag hoog op de weg. Ze voelde zich er veilig in.

De fotoshoot had natuurlijk eindeloos lang geduurd en ze was later dan gehoopt uit Parijs vertrokken. Ze moest over vierentwintig uur de ferry nemen in Hirtshals, bij het noordelijkste punt van Denemarken, en volgens haar gps moest ze nog negentien uur rijden. Ze zou nauwelijks tijd hebben om te stoppen en wat te slapen. Ze bevond zich ergens in het zuiden van België, in een streek die ze niet kende en die ze niet eens wilde kennen. Terwijl ze naar de kilometerslange dennenbossen keek, dacht ze bij zichzelf dat deze plek misschien een zekere charme had in de winter, als het sneeuwde en je bij het haardvuur zat met een mok warme kaneelmelk in je handen. Maar nu, tijdens zo'n hittegolf, vond ze deze bossen onherbergzaam, dreigend bijna. Ze beeldde zich de akeligste dingen in, over kampeerders die waren gekeeld door jagers uit de buurt of door een mysterieus, bloeddorstig wezen. En over geheime genootschappen die waren ontstaan in de duistere krochten van de Middeleeuwen en waarvan de leden met witte lakens over hun hoofd op open plekken in het bos toeristen kastijdden, onder het opzeggen van gebeden in lang vergeten talen.

Victoires gedachten dwaalden af, gesust door de eentonige rit en door de vermoeidheid, en de herinnering kon ongemerkt opborrelen, als een luchtbel vol zwavel die uit de diepte opstijgt. Die sloop door de krochten van haar geest, hinderlagen en afweermechanismen verschalkend, het daglicht tegemoet. De herinnering had lang genoeg gewacht. Het was tijd.

Victoire was twaalf. Iedereen prees haar schoonheid. Ze had grote gazelleogen en was volgens haar moeder gezegend met 'een van de zeven schoonheden', een spleetje tussen haar tanden, dat ze bloot lachte met de brede glimlach van een kind dat tot dan toe een goed leven had gehad. Ze woonden alleen met zijn tweeën. Hun financiële situatie was problematisch geworden sinds Victoires vader hen jaren eerder, toen ze nog maar een baby was, in de steek had gelaten. Maar haar moeder had hun geldproblemen altijd voor haar verzwegen. Ze werkte in een bar in de stad. Als serveerster, had ze aan Victoire verteld.

Die dag was Victoire in de wolken. Ze zou haar eerste reclamespot draaien, als actrice of als fotomodel, ze wist niet precies hoe je dat noemde. Haar moeder en zij waren in de supermarkt aangesproken door een man toen ze boodschappen deden. Hij had verteld dat hij de eigenaar was van een waterpretpark een paar kilometer verderop, en dat hij een mooi jong meisje zocht voor de affiche en de reclamespot van volgende zomer. 'Je hoeft alleen maar te glimlachen en met een dolfijn te zwemmen.'

Victoire en haar moeder waren geflatteerd. En is met een dolfijn zwemmen niet de droom van ieder tienermeisje? Bovendien viel er geld te verdienen. Het was een eitje. In een paar uur tijd zou ze een maandhuur opstrijken. Victoire zag een kans om iets te verdienen en haar mama te helpen.

Er werd een afspraak gemaakt en Victoire kwam blij en ongeduldig aan in het waterpretpark, dat ze al kende van eerdere bezoekjes. Ze had de dolfijnenshow al eens gezien en ze vond het prachtig hoe de dieren in het turquoiseblauwe bassin rondcirkelden.

Op de parkeerplaats werden haar moeder en zij verwelkomd door de man die hen in de supermarkt had aangesproken. 'Zeg maar Marc.' Hij had felblauwe ogen. Hij richtte zich tot Victoires moeder: 'We beginnen met het contract, ik wil alles volgens de regels doen.' Daarop nam hij hen mee naar het bassin van de dolfijnen. Onderweg kruisten ze een werknemer van het park. 'Miguel, vergeet de vitamines van de zeeleeuwen niet.' En tegen Victoires moeder: 'Die beesten krijgen een atletendieet. Alles wordt afgewogen, we geven ze voedingssupplementen en medicatie. Je zou je bijna gaan afvragen hoe ze in de oceaan op eigen houtje weten te overleven!'

De dag liep op zijn einde en de bezoekers verlieten het park. Kinderen huilden en bedelden bij hun ouders om nog even te mogen blijven, om nog een laatste keer naar de dolfijnen te mogen kijken. Victoire voelde zich bevoorrecht.

Naast het bassin zagen Victoire en haar moeder de opnameapparatuur staan: een paar spots, een paar reflectieschermen en een kleine camera in een waterproof beschermhoes. Een jonge man was druk in de weer met het aansluiten van kabels. Het bassin was net een groot rond zwembad van beton, waarin op de bodem de schaduw van een dolfijn rondcirkelde. Victoire kwam dichterbij en knielde om hem beter te kunnen zien. Marc hurkte naast haar.

'Wat is hij mooi, hè? Hij heet Reiko. Hij is nu twee jaar bij ons. En over een maand wordt hij papa!'

Hij wees naar een ander bassin.

'Op dit moment houden we hem apart van de wijfjes. Als je wilt, mag je naar het kalfje komen kijken als het geboren is. Kom, dan stel ik je aan de anderen voor!'

De jonge kerel die de kabels aansloot heette John. Hij was een filmstudent. Hij zou Philippe assisteren, een vriend van Marc die in de marketing werkte en de spot regisseerde. En dan was er nog Hugo, Reiko's trainer. En Sonia, Marcs assistente. Ze gaf Victoire een plastic tas van H&M. 'Kom je je omkleden?' Victoire volgde haar naar een kleine technische ruimte.

'Het is hier geen grote luxe, maar de kantoren liggen aan de andere kant van het park.' Victoire keek in de plastic tas. Er zaten meerdere nieuwe bikini's in. 'Haal de prijskaartjes er niet af en laat jezelf even zien, zodat Marc en Philippe de bikini kunnen kiezen die je het beste staat.' Sonia was aardig, maar een tikje kil en gespannen. Ze trok de deur dicht, zodat Victoire zich kon omkleden.

Victoire trok eerst de bikini aan die ze het mooist vond, een gele met rode bloemen, en ging naar de anderen toe. Ze gaven commentaar over de kleur en het model, ze paste een andere en nog een derde. Ze kreeg complimentjes over haar tengere, slanke figuurtje en haar elegantie. Haar moeder zat op een muur aan de rand van het bassin te stralen van trots. Uiteindelijk kozen ze voor de eerste bikini, de gele met rode bloemen, wat Victoire geweldig vond. Het was tijd om te starten. Philippe nam het voortouw.

'Hugo zal je begeleiden. We willen graag mooie beelden van jou terwijl je met de dolfijn speelt.'

Victoire kwam naar voren op het betonnen strandje. Het water was kouder dan ze had verwacht. Maar ze was nog altijd gefascineerd door de schaduw die op de bodem van het bassin rondcirkelde. Hugo, op blote voeten en in zijn wetsuit, tikte op het wateroppervlak en de schaduw kwam aanzwemmen. De dolfijn stak zijn kop uit het water en Hugo gooide een vis in zijn bek.

'Kom maar, je mag hem aaien.'

Victoire raakte zijn gladde, lauwwarme huid aan. Hij straalde kracht, intensiteit uit. Zijn donkere oog peilde haar en Victoire dacht er iets vijandigs in te lezen. Dit was niet het aardige, vrolijke dier dat ze zich had voorgesteld. Plotseling vond ze het een enge gedachte om weerloos en kwetsbaar in het water te liggen met deze spierbundel. Ze keek naar haar moeder, die het tafereeltje verrukt aanschouwde.

Philippe was al met de camera op zijn schouder aan het filmen.

'Oké, Hugo, ga jij even naar achteren. Victoire, dat is prima zo, blijf hem aaien. Doe je haar misschien even opzij, zodat ik je gezicht goed kan zien, ja, zó! Helemaal goed! Nu mag je glimlachen! Hééééł goed! Ga wat dichter naar hem toe, leg je hoofd op dat van hem en kijk in de camera. Zo. En nu glimlachen.'

De dolfijn verroerde zich niet en Victoire dacht dat ze zich misschien in hem vergist had. Ze ontspande een beetje. Haar moeder kwam overeind.

'Goed dan, ik laat jullie, ik moet naar mijn werk. Gaat het lukken, lieverd?'

'Ja hoor, geen zorgen, Sonia brengt haar terug zodra we klaar zijn. We hebben hoogstens twee uurtjes werk,' antwoordde Marc.

Victoire knikte even naar haar moeder, en ze vertrok.

'Oké, ga nu het water maar in.'

Victoire waadde het water in, dat ze ijskoud vond, en plonsde in het bassin. Ook de dolfijn was ondergedoken, ze zag hem nergens meer.

'Als hij tussen je benen komt zwemmen, hou je dan vast aan zijn vin en laat hem maar begaan. Alsof je op een pony zit, maar dan in het water.'

Philippe had zijn spijkerbroek tot op zijn kuiten opgerold en bleef haar filmen met zijn voeten in het water en de camera op de rand van het bassin.

Victoire watertrappelde. Ze zag Hugo vanaf het strandje wenken en plotseling verscheen die glibberige kolos tussen haar benen en tilde haar op. Ze slaakte een gilletje en viel achterover. Haar hoofd verdween onder water, ze maakte een buiteling en kwam weer boven. Eenmaal boven water hoorde ze de anderen lachen.

'Niet erg, de eerste keer is altijd schrikken, opnieuw!' riep Hugo haar toe.

Ze ging weer klaarstaan, zag Hugo opnieuw een teken geven en concentreerde zich. Toen de dolfijn eraan kwam, greep ze zijn vin vast. Hij zwom een rondje met haar en ze begon te lachen. Ze was trots, gelukkig en bang tegelijk. Ze voelde zich tot grootse dingen in staat. De wereld leek haar een dreigende, gevaarlijke plek, waar het toch ook wemelde van de kansen en pleziertjes. Het was een bedwelmend gevoel. Ze hoorde nauwelijks dat Philippe riep: 'Perfect! Zo doorgaan! Dit is het helemaal!'

Zo maakte ze schaterend een paar rondjes door het bassin, meegolvend met het gespierde dolfijnenlijf onder haar lichaam, tot hij onderdook en ze hem los moest laten.

Ze zwom naar de kant, waar Marc en Philippe haar opwachtten. Ze leken in hun nopjes.

'Perfect, Victoire! Je doet het geweldig!' Ze deed het zo vaak over als haar dat werd gevraagd. Reiko gehoorzaamde Hugo. Bij elk rondje door het bassin voelde ze die mengeling van vreugde en angst en de kracht die van het dier uitging. Na een uur begon ze moe te worden. Philippe riep haar naar de kant.

'Nu gaan we een paar onderwaterbeelden proberen te maken. Je hoeft alleen maar met hem mee te zwemmen en plezier te maken.'

Hij liep over het strandje en duwde de camera onder water.

'Oké, we doen een poging. Als het niet lukt is het niet erg, we hebben al een heleboel mooie shots.'

Victoire zwom weer naar het midden van het bassin. De dolfijn kwam om haar heen draaien.

'Als je klaar bent, duik je onder water. Probeer wel je ogen open te houden en te glimlachen.'

Victoire dook. Het water prikte een beetje in haar ogen. Reiko kwam naar haar toe en streek langs haar heen. Toen richtte hij zijn neus op Victoires kruis. Ze duwde hem weg. Hij begon opnieuw om haar heen te zwemmen, maar leek plotseling geobsedeerd door haar geslachtsdeel. Hij deed een nieuwe poging, slingerde zijn lijf rond dat van Victoire en wroette met zijn neus door de stof van haar bikini. Victoire zwom naar de oppervlakte. Ook nu schaterden Philippe, Marc, Hugo en John het uit. Sonia was blijkbaar verdwenen. Victoire zag haar in elk geval niet meer.

'Hij heeft een joekel van een stijve!' zag Philippe tussen twee lachsalvo's door op zijn cameraschermpje, tot grote hilariteit van de anderen.

Reiko kwam boven water, drukte zich tegen Victoires lichaam aan, en ze kon duidelijk het geslachtsdeel van de dolfijn tegen haar been voelen. Hij overweldigde haar met zijn volle gewicht en duwde haar onder water. Victoire probeerde hem nog weg te duwen, maar hij woog zes keer zoveel als zij. En hij was in zijn element. Ze maakte geen schijn van kans. Ze probeerde te ontsnappen, maar hij drukte zich tegen haar aan en bewoog zijn lijf tot hij weer boven dat van Victoire hing. Ze voelde hoe hij met zijn harde, lauwwarme huid tegen die van haar kronkelde en hoe hij zijn volle gewicht gebruikte om haar mee naar de bodem te slepen. Ze hoorde dat de anderen boven water het nog altijd hilarisch vonden.

Victoire besefte dat ze hier en nu kon sterven. Dat niemand tegen Reiko op kon. Hij had besloten dat ze van hem was. Haar leven, haar dromen, haar gevoelens, het deed er allemaal niet meer toe. Ze was alleen nog een speeltje voor dit tweehonderdvijftig kilo zware dier, het voorwerp van zijn obsessie. Hij wilde haar geslachtsdeel, en ze was alleen dat nog. Een geslachtsdeel. Bestemd om de driften van een zeemonster te bevredigen. En om een paar kerels te entertainen, die daar boven nog altijd de grootste lol hadden. Toen de dolfijn onderdook en zijn neus weer tussen haar benen duwde, zette Victoire zich op zijn kop af om naar boven te schieten. Ze had nauwelijks de tijd om diep in te ademen voor Reiko zich weer op haar stortte en haar met zijn flank onder water duwde. Nu was hij niet alleen opgewonden maar ook woedend, dat voelde ze.

'Help! Help mij!'

'Laat hem, hij kalmeert vanzelf wel!' riep Hugo haar toe.

Reiko pakte haar bikinibroekje tussen zijn tanden en trok er hard aan, zodat Victoire opnieuw naar de bodem werd gesleurd. Ze was blind van angst. Ze voelde hoe de bikini scheurde en hoe het lijf van de razende dolfijn tegen haar tekeerging. Ineens zag ze alles gebeuren alsof ze een toeschouwer was geworden. Dit was haar lichaam niet meer, dit was zij niet meer, dit had niets meer met haar te maken. Het gevecht was voorbij, het dier had gewonnen. Ze verloor het bewustzijn. Toen ze weer bijkwam, lag ze op het betonnen strandje, met het druipnatte gezicht van Hugo boven zich.

'Gaat het?'

Ze antwoordde niet, ging rechtop zitten. Op de bodem van het bassin was de donkere schaduw weer aan het rondcirkelen. Er dreef iets op het water. Een geel bikinibroekje met rode bloemen.

Red Apple

Ik herinner me niets van mijn geboorte. Dat kan ook helemaal niet. Maar ik kan me moeiteloos inbeelden hoe het moet zijn gegaan. Een sappig weiland in de Midlands. Mijn moeder zondert zich van de kudde af en schudt ongeduldig haar hals, waardoor haar hoofd heen en weer slingert. Dat deed ze altijd als de situatie beangstigend was. En een jong werpen lijkt me best beangstigend. Ik was haar eerste veulen. Misschien merkte Mike haar gedrag op en kwam hij naar buiten om haar te helpen. Om haar te aaien, bij haar neer te knielen toen ze ging liggen. Of misschien heeft ze het helemaal alleen gedaan. Ik zou het echt niet weten, en het doet er niet toe.

Wat ik wel weet, is dat ik bij Mike gelukkig was. Hij was een goeie vent die hard werkte om voor ons te zorgen. Zijn wollen pet rustte op zijn wenkbrauwen, die net twee plukjes droge heide waren, en op zijn oren die rood zagen van de kou en de drank. Zijn zware waxjas rook naar as, jenever en zweet. Met zijn rauwe stem en zijn gebarsten lippen die nooit glimlachten zag hij er onbehouwen uit, maar in feite was hij een vriendelijke alleenstaande man die aan zijn paarden genoeg had. En die huilde telkens als hij een van ons moest laten gaan.

In de lente droogde de zware heidegrond uit in de zon. Het gras was sappig en mals. Ik speelde met de andere veulens en als ik aan rust toe was, zocht ik mijn moeders flank op, en haar uier boordevol warme melk. In de herfst gingen we naar binnen om 's nachts droog te blijven, op de dikke laag stro die Mike elke dag ververste. Het was een groot binnenverblijf waarin we vrij konden rondlopen.

In de vroege ochtend kwam hij de deuren openmaken van de gang naar het weiland, en de ingang ervan veranderde in een modderpoel doordat we de aarde daar elke dag vertrapten. Onze hoeven zakten in het glibberige, koude slijk, en zo hadden we weer een nieuw spelletje.

Elk seizoen bracht nieuwe indrukken met zich mee, die altijd ongevaarlijk en meestal aangenaam waren. Mikes huis grensde aan de stal en als de kou inviel, geurde het naar houtvuur.

Natuurlijk wist ik wel dat dit niet eeuwig kon blijven duren. Nu en dan kwamen er mensen die met Mike praatten, door de weide liepen en een van ons aanwezen. Dan deed Mike dat dier een halster om en leidde het naar de stal. Na het opzadelen liep het uitgekozen paard een paar rondjes over de piste en sprong over wat hindernissen. Soms keerde het bij ons terug, soms werd het meegenomen. Dan zagen we het nooit weer.

Zij die vertrokken waren ouder dan ik. Een paar zomers ouder. Het duurde minstens drie zomers voordat het in Mike opkwam een zadel op onze rug te leggen. Geen idee waarom het bij mij anders ging. Het was mijn tweede zomer. Er kwamen mensen, een man en een jong meisje. Ze liepen de wei in en al huppelend op haar lange benen wees het meisje me aan. Mike schudde van nee. Mijn moeder spitste haar oren in hun richting. Bijna ongemerkt begon ze haar hals heen en weer te schudden. Het meisje vouwde haar handen samen en zei iets tegen haar vader. De vader richtte zich tot Mike, die fronste, zijn pet afzette en in zijn haar krabde. Hij schudde opnieuw het hoofd. Het meisje begon hoge piepgeluidjes te maken. De vader liep weg, samen met Mike, die nog altijd zijn pet in zijn hand hield. Mijn moeder keek hen met opengesperde neusgaten na. Uit haar keel steeg een gespannen, bijna onhoorbaar gegrom op. Het meisje kwam mijn richting uit. Ze had roze kinderwangen en grote, levendige ogen waarin een prachtige toekomst gloorde, die zou bestaan uit ritjes bij dageraad door holle wegen en uit liefkozingen en ontboezemingen op zondagen wanneer het sneeuwde, bij een paar balen lauw hooi. In haar fonkelende pupillen tekende zich haar toekomst af, en ik speelde er de hoofdrol in.

Mijn moeder begon te trappelen en ging tussen het kind en mij in staan. Mike schudde de hand van de vader en zette zijn pet weer op.

Hij riep iets tegen de kleine meid, maar ze luisterde niet en liep door. Mijn moeder steigerde, haar hoeven dreigend in de lucht.

Het kind werd bang en liep terug naar haar vader. Ze begaven zich allemaal naar Mikes huis. Er kwam een fijne motregen opzetten en een ijzige wind begon over de heide te blazen.

Mijn moeder werd weer rustig en graasde verder. Ik

ging weer met de anderen spelen. De motregen sloeg om in een stortbui.

Na een poosje riep Mike ons de stal in. De hele kudde liep stapvoets door de modderpoel en de gang, blij ergens te kunnen schuilen. Toen mijn moeder het binnenverblijf in was gelopen, sloot Mike het hek vlak achter haar. Ik stond nog in de gang. Ze draaide zich met een ruk om, keek me aan en we begrepen het. Mike kwam naar mij toe met een halster. Ik wist niet wat te doen, dus liet ik hem begaan. Mijn moeder begon te hinniken en beukte met haar borst tegen het hek. Het meisje verscheen en kwam naar me toe. De vader opende de achterklep van de paardentrailer die achter zijn wagen hing.

Mike liet zijn hand over mijn voorhoofd glijden. Hij mompelde binnensmonds een paar verdrietige woorden.

Ik keek naar mijn moeder, die een woest gehinnik uitstootte en met haar hoeven tegen de deur stampte. Ik brieste ook. Door de regen en de paniek werd alles wazig. Ik wilde naar haar toe, wilde voelen hoe haar adem mijn rug streelde, wilde terug naar de groep, naar iedereen die me geboren had zien worden, terug naar de oudjes, de knorrepotten, en zelfs naar de hengsten waar ik bang voor was.

Mike leidde me voorzichtig naar de trailer. Ik volgde hem, roepend om mijn moeder, ontredderd.

De klep viel dicht en ik vertrok.

Het meisje heette Avril. Samen met haar vader woonde ze in een oude watermolen van gele stenen aan de oever van een riviertje. Mijn stal was nieuw en heel gerieflijk. Er was een grote wei aangelegd, omzoomd met heggen en een houten hek. Op mijn eerste avonden wilde Avril per se bij me slapen om me gezelschap te houden. Ze praatte tegen me, vertelde me verhalen en liet me haar favoriete muziek horen. De herinnering aan Mike, aan de andere paarden en zelfs aan mijn moeder verbleekte langzaam maar zeker. Avril hield van mij en ik van haar, en de belofte die ik in haar ogen had gelezen op de dag dat ze in de wei naar me toe was gekomen, werd ingelost. Ze had me Red Apple genoemd, omdat mijn fel voskleurige vacht naar rood neigde. Als ze me appels bracht, hield ze die vaak eerst tegen mijn flank om de kleuren te vergelijken en dan zei ze: 'Zie je wel? Precies hetzelfde!'

Elke ochtend kwam ze naar me toe, sloeg haar arm om mijn hals, legde haar hoofd tegen mijn schouder en dan bleven we minutenlang zo staan. Daarna gingen we in de weide spelen. Zij holde weg, ik ging achter haar aan, kriebelde met mijn snuit in haar nek, en dan was het haar beurt om achter mij aan te komen.

Nu en dan kwam haar vader naar ons kijken, dan leunde hij glimlachend tegen het hek. Hij was totaal anders dan Mike. Hij was geen buitenmens. Je kon zijn mensengeur nauwelijks ruiken, omdat hij die maskeerde met synthetische luchtjes die ik maar niets vond. Iets wat op salie en dennenschors leek. Hij was een beetje bang voor me. Avril moedigde hem aan om dichterbij te komen en te proberen me met zijn vingertoppen strelen. Ik liet mijn hoofd zakken om hem te laten zien dat hij niet bang hoefde te zijn. Het is weleens gebeurd dat hij mijn maantop streelde, tussen mijn oren, nooit meer dan dat. Maar hij was vriendelijk en volgens mij mocht hij me graag, omdat ik de vriend van zijn dochter was. Haar enige vriend. Avril vertelde me over school en over de andere kinderen en hun wrede spelletjes om haar aan het huilen te maken.

Elke ochtend liet ze me uit mijn box voordat ze naar school vertrok. Ik vulde mijn dagen met grazen terwijl ik naar de baan van de zon keek, of naar de wandelaars op de zandweg die langs mijn weide liep. Er passeerden soms paarden met hun ruiters en dan haastte ik me om ze te begroeten. Was Avril er niet geweest, dan zou ik het contact met mijn soortgenoten hebben gemist. Als ze 's middags thuiskwam, gooide ze haar schooltas van zich af, holde naar me toe en dan brachten we de laatste uren van de dag samen door.

Er gingen een winter en een lente voorbij, en toen kwam de zomer. Avril huilde van blijdschap bij de gedachte dat ze die lange vakantiemaanden met mij zou kunnen doorbrengen, ver weg van de school.

Op een ochtend kwam ze met een zadel en een trensbit aanzetten. Ik had dat soort dingen bij andere paarden gezien, maar kon me ze niet voorstellen bij mijzelf.

Ik wilde niets liever dan aardig zijn voor Avril, dus liet ik haar begaan toen ze het bit in mijn mond liet glijden. Die metaalsmaak beviel me niets, en bovendien wist ik niet waar ik mijn tong moest laten. Ik deed mijn mond een paar keer open en dicht, kauwend op dit ding dat nu al in mijn mondhoeken sneed. Mijn tong bleef steken achter het bit en zat gekneld onder in mijn keel. Ik schudde met mijn hoofd, trachtte mezelf te bevrijden. Ondertussen legde Avril het zadel op mijn rug. De riem drukte op mijn ribbenkast, ook dat beviel me niets. Ik voelde te veel nieuwe sensaties tegelijkertijd en het werd me wazig voor de ogen, net als die dag toen ik bij mijn moeder werd weggehaald. Avril pakte de teugels en leidde me naar de wei. Het bit kwam onder mijn tong en stootte pijnlijk tegen mijn tanden. Ik schudde opnieuw met mijn hoofd en toen met mijn hele lijf, in een poging me te bevrijden van de dingen die me beklemden en hinderden. Avrils vader was er ook, achter het hek. Hij zei dingen tegen haar die ik niet begreep omdat ik van slag was, maar de bezorgdheid in zijn stem voelde ik wel aan.

Toen Avril op mijn rug klom dacht ik dat ik zou vallen, dat ik door haar gewicht mijn evenwicht zou verliezen. Daarna ging ze in het zadel zitten. Alles was me te veel, het bit dat onder mijn tong vastzat, de neusriem rond mijn snuit, de zadelriem waardoor ik niet behoorlijk kon ademen, Avrils gewicht op mijn rug. Ik bokte, steigerde, trapte, en Avrils lichaam suisde door de lucht. Ik hoorde een klap tegen het hout van het hek, en de schreeuw van haar vader. Gek van angst galoppeerde ik weg. Mijn voeten raakten verstrikt in de teugels die over de grond sleepten, het bit sloeg weer tegen mijn tanden, ik steigerde opnieuw, te heftig. In mijn vaart viel ik op mijn rug, de zadelknop priemde tussen mijn schouders. Ondanks de pijn stond ik op, en ik wist dat ik maar beter niet meer kon bewegen. Ik probeerde weer op adem te komen. Toen keek ik naar Avril. Ze lag languit op de grond en bewoog niet meer. Haar vader brulde radeloos. Ik ging behoedzaam dichterbij. Toen hij me zag, ging hij schreeuwend en druk gebarend tussen Avril en mij in staan, dus liep ik weg.

Toen de ambulance kwam, loeide de sirene oorverdovend. Ik draafde naar de andere kant van de weide. Er hing paniek in de lucht, iedereen verdrong zich om Avril, daarna legden ze haar op een brancard en reden weg.

Het werd weer stil. Ik was alleen, nog steeds opgezadeld en geteugeld, en ik was bang. Mijn tanden deden pijn, mijn rug deed pijn, en ik wou dat Avril terugkwam.

Maar die dag kwam er niemand. Ik sliep buiten, staande, want door het zadel kon ik niet lekker liggen.

De volgende dag kwam er een vrouw die ik niet kende naar me toe. Ze leek bang voor me te zijn, maar ze bevrijdde me van het zadel en het trensbit en verdween daarna weer. De dagen gingen voorbij, maar Avril keerde niet terug.

Op een avond brandde er licht in het huis. Het silhouet van de vader doemde op voor het raam. Hij keek een hele tijd naar me en verdween toen.

Er gingen weer verschillende dagen voorbij. De nevelige heide in de ochtendschemering die me een paar weken geleden zo had betoverd, joeg me nu angst aan. Omdat ze een nieuwe dag van eenzaamheid inluidde. Avril was niet alleen mijn vriendin, ze was het middelpunt van mijn universum, het hemellichaam waar ik omheen cirkelde. En volgens mij gold dat ook voor haar vader. Avril was de beweging. En Avril was er niet meer.

De zomer sleepte zich zinloos en onafgebroken voort. Geen enkel levend wezen, geen mens of dier om een praatje mee te maken. Van tijd tot tijd liep er een vos langs, maar die zei niets tegen me. Wanneer hij vlak voor zonsopgang voorbijsloop, op de terugweg van zijn jacht, probeerde ik hem te roepen, maar hij negeerde me. Behalve één keer, toen hij van ver 'Kop dicht!' naar me riep voordat hij in de bosjes verdween. Dat kwetste me. Ik bedacht dat het vast kwam omdat hij wild was en ik getemd. Hij keek op me neer. Het was niet eerlijk. Daar had ík niet voor gekozen. Maar als getemd zijn gelijkstond aan Avrils vriend zijn, was ik er trots op. Een mormel dat uit de vuilnisbakken van de mensen at, wilde mij de mond snoeren? Kom op, zeg. Ik dacht er niet meer aan en liet hem ook links liggen.

Er liepen weleens paarden of wandelaars over het zandweggetje, die me groetten, maar verder alleen passeerden.

De dagen werden weken, de herfst kwam eraan. Er groeide steeds minder gras in mijn weide. Gelukkig regende het genoeg om de oude badkuip op pootjes die als drinkbak diende te vullen. Ik had geen dorst. Maar ik had honger. En de natte grond veranderde in een modderpoel, zoals bij Mike. Alleen had ik hier geen droge plek waar ik 's avonds kon schuilen. Mijn voeten stonden dag en nacht in de modder.

Op een ochtend kwam Avrils vader. Hij smeet een paar hooibalen in de weide. In zijn betraande ogen smeulde haat. Hij rook naar alcohol. Niet dezelfde als bij Mike. Een meer gevaarlijke soort.

Hij keek even naar me, ik durfde niet dichterbij te komen. Daarna liep hij weer naar huis.

Toen het winter werd, gingen mijn koten pijn doen.

Er zaten open wonden boven mijn hoeven, door de modder. En ik was vermagerd. Soms voerde de wind gehinnik vanuit het noorden mee. Een paar kilometer verderop leefden andere paarden. Ongetwijfeld werden zij goed behandeld, in elk geval beter dan ik. Ik was kwaad op mezelf dat ik niet over het hek was gesprongen toen ik de kracht nog had. Avrils vader was me een paar keer hooi komen geven, maar nu leek hij me al een paar weken te zijn vergeten. De lichten in het huis gingen niet meer aan. Ik denk dat hij er niet meer woonde.

Op een ochtend leek de hemel te aarzelen tussen sneeuw en regen. En mijn hart tussen leven en dood. Ik had het koud tot op het bot en mijn knoken staken uit mijn stugge huid. Ik zag af met elke vezel van mijn lijf. De honger knaagde aan me als een worm die een vrucht van binnenuit opvreet. De wonden op mijn door schurft aangetaste koten maakten de minste beweging ondraaglijk. Mijn spieren trilden onbeheersbaar. Ik had ongetwijfeld koorts. Ik voelde al een paar dagen dat de dood in mijn buurt rondhing en hoopte dat hij me vandaag eindelijk zou meenemen.

Achter me, aan de kant van de zandweg, hoorde ik stemmen naar me roepen. Ik ving de geur op van twee merries, van een man en van een vrouw. De vrouw klakte met haar tong. Maar ik had niet de kracht om mijn hoofd naar hen toe te draaien. Ze riep een paar minuten naar me, en toen gingen ze weg. De hemel koos voor sneeuw en ik bedacht dat ik tenminste droge voeten zou hebben als de grond bevroor.

Even later herkende ik geur van de vrouw, de man en

de merries. En die van haver. Ze kieperden twee emmers graankorrels over het hek. Tot daar lopen deed pijn, maar dat was het waard. Ik trekkebeende naar hen toe, hoewel ik voelde dat ik bij elke stap ineen kon zakken. Ik was vergeten hoe echt voedsel smaakte. Ik at zo snel als mijn kaken toelieten. De vrouw steeg van haar merrie af en klom over het hek met een dikke deken die ze over mijn rug legde. Toen ze haar vingers over mijn ribben liet glijden, vloekte ze een paar keer.

Daarna liep ze naar Avrils huis. Ik bleef dooreten. Het deed pijn toen de nauwelijks gekauwde graankorrels in mijn maag belandden, maar dat maakte niet uit.

Vanuit mijn ooghoeken zag ik de vrouw aan de voordeur kloppen. Ze wachtte een paar seconden en liep toen naar een raam. Ze controleerde de binnenkant van het molenhuis, met haar handen als oogkleppen tegen haar slapen.

Vanaf het pad stond de man ongeduldig toe te kijken. De merrie van de vrouw bracht haar hoofd naar me toe en brieste zachtjes, zodat er witte damp uit haar neusgaten opsteeg.

De vrouw liep naar de stal en verscheen een paar tellen later met een halster en een touw. Ze kwam bij ons terug.

De man fronste: 'Wat spook je uit?'

'Wat denk je?'

'Je kunt hem toch niet meepakken!'

'O jawel, reken maar. Er is toch niemand.'

De man zuchtte.

'En nu moet ik vast de trailer gaan halen?'

De vrouw glimlachte.

'Dat heb je goed gedacht.'

'Als iemand me wat vraagt, zeg ik dat ik onder dwang heb gehandeld.'

En de man zette het op een drafje, met de merrie van de vrouw achter zich aan.

Ze deed me de halster om, waarin mijn naam gegraveerd stond.

'Red Apple? Dat past bij je. Ik ben Saveria.'

Saveria woonde niet in deze streek. Ze was op vakantie bij vrienden, waar ik een paar weken bleef om aan te sterken voor de reis. Later kon ik naar haar toe. We moesten een boot nemen en daarna een paar uur met de trailer rijden voordat ik eindelijk mijn nieuwe thuis te zien kreeg. Ik kwam 's nachts aan. De kam van het donkere gebergte tekende zich af tegen een maanloze hemel. Ik rook nieuwe geuren. Van gewassen die ik nog niet kende, droger en harsachtiger dan die op de heide. Korstmos. En druipnatte granietrotsen, bulderende bergstromen... Ik spitste mijn oren, onrustig en opgewonden tegelijk. Ik wou dat Avril hier was.

De stal lag verscholen in de vallei. Toen ik uit de trailer stapte, stond Saveria me op te wachten.

Ik maakte kennis met de andere paarden en voegde me bij de kudde. Naarmate de weken verstreken, genazen de wonden aan mijn voeten en kreeg ik weer een normaal gewicht. Saveria begon me aan het werk te zetten, eerst in de longeerpiste, om mijn spieren weer op te bouwen. En op een dag klom ze op mijn rug, zonder zadel, want ze had gemerkt dat ik daar bang voor was. Langzaam maar zeker raakte ik eraan gewend. Aan haar, aan haar gewicht, en toen aan het trensbit en het zadel.

De andere ruiters staken de draak met haar omdat ik zo klein was. Ze vroegen haar: ‘Waarom verspil je je tijd met dat onderdeurtje?’ Maar ze negeerde hen. En ik ook. Ik genoot van de sprongen en de blikken. En ik wilde niets liever dan aardig zijn voor Saveria.

De jumpings begonnen. Aanvankelijk keken de andere paarden op me neer. Ze grinnikten als ik langskwam en noemden me ‘de Pony’.

Zodra ik op het springconcours verscheen was het getreiter voorbij. Ik won de eerste jumping. En alle volgende. Geen enkel parcours joeg me angst aan. Ik was geconcentreerd en nauwkeurig. En ik vertrouwde op Saveria. Als zij haar bekken naar voren kantelde opdat ik mijn stappen tussen twee hindernissen langer zou maken, wist ik dat ze me naar de ideale afzetplek voerde. Haar en mijn spieren werkten in volmaakte harmonie samen, alsof ze aan hetzelfde lichaam toebehoorden, alsof ze naar dezelfde hersenen luisterden. Het ging verder dan techniek of werk. Het was magie. En liefde.

Na de eerste nationale jumpings kwamen de internationale Grands Prix. We legden ze stuk voor stuk foutloos af. En we waren de snelste. Omdat ik klein en wendbaar was.

We gingen op reis, ik raakte gewend aan vliegtuigreizen. Elk land had zijn typische geur, zand en kruiden, uitlaatgassen van motoren en gekookt vlees, sinaasappel en oceaan.

De pers was laaiend enthousiast, we werden gefilmd en gefotografeerd. Saveria deelde handtekeningen uit. Er werden Red Apple-knuffels verkocht die mij verbeeldden, kleine roodbruine paardjes met glanzende, veelkleurige ogen van plastic. Mensen verwedden buitensporige bedragen op ons succes of onze zogenaamde fouten. Er werden debatten met specialisten op touw gezet. Mijn jumpingsprongen werden opnieuw uitgezonden, in slow motion. De kracht van mijn afsprong, de hoef die ik op het laatste moment optilde om te vermijden dat ik de balk raakte, mijn blik en die van Saveria, die zich op precies hetzelfde moment op de volgende hindernis richtten. Alles werd geanalyseerd, besproken en in cijfers gegoten. Het fenomeen had zo'n omvang aangenomen dat het publiek dat naar jumpings kwam kijken spectaculair was toegenomen.

Van Saveria mocht geen enkele stalknecht voor me zorgen. Zij borstelde me, maakte mijn voeten schoon, voerde me en maakte me klaar voor de wedstrijden. We waren gelukkig.

Maar op een dag herkende ik tijdens een verplaatsing de geur van de heide. Meidoorn, lijsterbes, veenmos, brem. De schrale, zware aarde, door de regen schoongewassen. We maakten een lange rit noordwaarts. 's Avonds kwamen we op de plaats aan waar de Grand Prix zou plaatsvinden. De boxen waren zoals altijd groot en gerieflijk. Het waren tijdelijke voorzieningen, reusachtige witte tenten waaronder met metalen hekken tientallen boxen waren gemonteerd.

Saveria installeerde me en zorgde ervoor dat ik al het nodige had. De andere paarden mompelden mijn naam, maar daar schonk ik geen aandacht aan. Ik praatte gewoonlijk niet met mijn concurrenten. Er waren vast wel paarden bij met wie ik bevriend kon worden, maar waarom zou ik? Ik had mijn vrienden thuis, in de bergen, en ik had Saveria. Toen het stil werd, sliep ik in.

De volgende dag hadden we een belangrijke jumping. Saveria was gespannen. Ik wist dat het goed zou komen. Ik voelde me in topvorm. Het was een zandparcours in de openlucht. Mijn favoriete omstandigheden. We liepen ons warm in de paddock, en toen was het onze beurt. We kwamen de piste in. Het publiek verdrong zich op de tribunes. Kinderen schreeuwden mijn naam en zwaaiden met vlaggen met mijn foto erop. De zon stond hoog aan de hemel, het was niet te warm. Ik snoof geuren van menseneten op.

Het springparcours was aangelegd voor grote paarden. Mijn stappen vergroten was te riskant, dus besloot Saveria me een kortere sprong te laten maken en me na elke hindernis een extra stap te laten zetten, wat tijd kostte, maar ons voor fouten behoedde. We kwalificeerden ons en verlieten het parcours onder luid applaus. Saveria steeg af en aaide mijn hals, die nat was van het zweet. Plotseling kreeg ik een gevoel van onbehagen, maar de oorzaak ervan kon ik niet achterhalen. Kwam het door een geluid, een geur? Ik draaide mijn hoofd rond, maar werd van alle kanten door prikkels overweldigd. Er kwamen een paar toeschouwers naar ons toe, Saveria deelde handtekeningen uit. Zij hadden er niets mee te maken. Veruit de meeste fans bleven rustig en raakten me niet aan. Kijken en glimlachen was voor hen al genoeg. Saveria leidde me terug naar de paddock om wat uit te lopen.

Alles leek normaal en toch deed een panische angst me het bloed in de aderen stollen en mijn spieren spannen. De stem van de Ground Jury door de luidsprekers, het geroezemoes van de menigte, de stap van de andere paarden in het zand van de paddock. Nu en dan de klap van een hoef tegen een balk. Niets abnormaals.

Saveria leidde me terug naar de stal, ontzadelde, douchte en borstelde me. En mijn angst ebde weg. De rest van de middag stond ik te kijken naar het komen en gaan van stalknechten, paarden en ruiters, en dommelde af en toe in.

Die avond kwam Saveria me halen voor een tochtje. Ze wist dat ik niet graag te lang in mijn box bleef, dus liet ze me na haar avondeten altijd een eindje aan de halster lopen. We gingen de stal uit en ze kreeg een stukje bos in het oog, op een paar honderd meter. Ze praatte tegen me. Haar stem klonk nu eens zacht en dan weer korzelig. Krantenartikelen, laster, roddels. Ik snapte niet waarom ze er zoveel belang aan hechtte. Misschien verveelde ze zich anders...

We volgden de zandweg met hoge bermen aan weerszijden die ons het bos in voerde. De maan wierp een bleek schijnsel voor ons uit. De angst van 's middags overviel me weer, pijnlijk scherp dit keer. Ik keek op. In de nachtelijke rust en stilte werd ik door niets meer afgeleid. Ik besefte nu waar mijn angst vandaan kwam. Het was een geur. Een synthetische mengeling van salie en dennenschors. En van alcohol. Ik bleef stokstijf staan, met gespitste oren. Hij was vlak achter ons. Saveria keek me niet-begrijpend aan.

'Wat is er mis, maatje?'

Vanuit de duisternis striemde plotseling een sissende, nasale stem, als van een geest: 'Hij is van mij!'

Saveria draaide zich om. Er verscheen een gedaante tussen de bomen die waggelend op ons af kwam, een man, die dronken was. Saveria's hand klemde de leidsels steviger vast. Avrils vader stapte naar voren in het maanlicht. Hij was veranderd, zijn gezicht was pafferig geworden en hij straalde iets kwaadaardigs uit. Zijn wijsvinger priemde in mijn richting.

'Da's míjn paard. Hij is van mij.'

Saveria legde in een reflex haar handpalm op mijn wang.

'Meneer, volgens mij hebt u te veel gedronken. U kunt maar beter naar huis gaan.'

Ze had met vaste, zelfverzekerde stem gesproken, maar ik voelde haar hand trillen rond de leidsels.

'Het is mijn paard, ik heb de papieren om het te bewijzen. En u gaat hem teruggeven ook.'

Saveria's hand trilde nu door een andere emotie. Haar angst was in woede omgeslagen.

'U? Bent u het? Hoe durft u!'

Ineens vloog ze op hem af, ze hief haar arm naar de maan en gaf hem een klap. De man legde verrast een hand op zijn wang. Toen keek hij me aan. Ik zag in zijn ogen dezelfde mengeling van pijn en haat smeulen als toen hij jaren geleden wat balen hooi in mijn weide kwam gooien. Hij draaide zich om naar Saveria, greep haar bij de haren en smeet haar op de grond. Uit balans door de beweging en de alcohol wankelde hij even en hervond toen zijn evenwicht. Ik rook Saveria's angst. Hij kwam op mij af. Ik was rustig. Het was niet zoals die keer met Avril. Het werd me niet wazig voor de ogen. Ik wist precies wat ik deed. Niemand zou me van Saveria scheiden. Ik steigerde, met mijn achterste benen ver uit elkaar. Ik mocht dan klein zijn, nu stak ik een paar koppen boven hem uit en zaten mijn hoeven ter hoogte van zijn gezicht. Hij was doodsbang. Precies wat ik wilde. Dat hij bang werd en ervandoor ging. Dat hij ons voor altijd met rust liet. Zijn gezicht was grauw en zijn ogen stonden radeloos in hun donkere kassen, toen hij iets uit zijn zak trok, iets wat glansde. Er klonk een oorverdovend geluid dat door het bos daverde, tot bij de stallen. De vogels vlogen op uit de bomen om ons heen. Iets trof me in de borst. Saveria gilde. Ik trapte met mijn hoef naar voren. Die raakte het hoofd van de man, onder zijn kaak, en katapulteerde hem naar achteren. Ik stortte me op zijn lijf om het te vertrappen. Mijn borst deed pijn en ik voelde warm bloed langs mijn been stromen, maar wat ik wilde, was het bloed van die man. Hij moest kapot, de weke substanties moesten eruit, de sappen die hem in leven hielden, waardoor hij een gevaar vormde voor mij. En voor Saveria.

Ze stond daar maar te kijken hoe ik tekeerging. Ik weet niet of ze in shock was of dat ze bewust niet ingreep. Toen ik na een paar minuten ophield, bleef er van de man alleen nog een vormeloze brij van kleren, vlees en botten over. Het salieparfum was verdwenen, verdrongen door de geur van bloed.

Ik werd behandeld. De kogel werd operatief verwijderd. Ik moest een tijd herstellen en revalideren. Saveria en ik namen weer deel aan kampioenschappen. We haalden weer ons oude niveau. Maar er was iets veranderd. Ze kocht andere paarden en begon ze te trainen. En ze huurde een stalknecht in om mij te verzorgen. Ik vind hem aardig, maar het is niet meer hetzelfde.

Nu en dan word ik 's nachts wakker van de geur van bloed. En met het gevoel van glibberige flarden vlees rond mijn hoeven. En ook met andere, vroegere herinneringen. De klokbloempjes op de stenen muren die door de nevelige heidevelden liepen. De kerkklokken, wanneer de wind uit het westen kwam. Het sappige, licht zilte voorjaarsgras. En de belofte in Avrils ogen.

Julie

Ik was nog nooit klaargekomen bij mijn man.

Ik hou van hem. Echt waar.

Maar ik denk dat er op een gegeven moment iets is ontspoord.

Ik weet het niet meer.

Het huis van mijn schoonouders. Een roze huis. Dat weet ik nog. Het was roze en het rook naar ontsmettingsmiddel. Roger en Marie ook. Zo heetten ze, mijn schoonouders. Roger en Marie. Ze waren aardig. Nu ja, ik denk dat ze aardig waren. Ik weet het niet meer. Ze hadden een aartslelijke naaktkat. Geranium. Hij was lelijk en zijn naam was lelijk. Maar dat kon ik niet tegen Olivier zeggen. Olivier was de zoon van Roger en Marie. Hij was mijn man. De huid van Geranium was grijs en rimpelig.

Roger liet scheten. In zijn beige canvasbroek, die hij hoog droeg, met de riem vlak onder zijn ribben. Marie en Olivier deden alsof ze niets merkten, maar hij liet scheten, even ongedwongen en zorgeloos als een kind van twee. Gadver. Kan gebeuren, maar dan verontschuldig je je toch? Je bloost een beetje, je draait er wat omheen, zegt dat je darmproblemen hebt, weet ik veel. En dan die medeplichtigheid van de andere twee. Die stilte. Op den duur dacht ik dat ze tegen me samenzwoeren. Een soort hecht verbond tussen vader, moeder en zoon.

Ik heb me verzet. Echt waar.

Olivier heeft me niet aan zijn ouders voorgesteld. Roger en Marie hebben mij aan Olivier voorgesteld. Meestal gaat het andersom. Eerst heb ik Marie ontmoet. In het schoonheidsinstituut. Ik waxte haar bikinilijn. Helemaal. Dat is niet zo gebruikelijk bij dames van zeventig. Maar ze vertelde me dat haar Roger 'seksueel nog steeds zeer actief' was en zijn 'behoeften' had.

'Ga zeker tot helemaal achteraan, Roger is dol op anilingus.'

Dat deed me niets, ik was het gewend dat klanten me vertrouwelijke zaken vertelden.

Ik denk dat ze me graag mocht. Bij het afrekenen zei ze altijd tegen mijn werkgeefster: 'U boft met haar, het is een aardig meisje, erg netjes.' Ik voelde me als een Bretonse spaniël die een aai tussen de oren kreeg.

Ze begon over haar zoon, Olivier. Een gynaecoloog, zoals zij en Roger. Ze nodigde me uit om op een zondag bij hen thuis te komen lunchen. Ik was eenzaam. Ik was zesendertig en nog altijd single. In het begin vond ik dat niet erg. In het schoonheidsinstituut vroegen mijn collega's: 'En? Nog steeds geen vriendje?'

'Da's toch niet normaal, zo'n mooie vrouw als jij moet toch iemand kunnen vinden!' Maar na een tijdje voelde het bijna als een handicap dat ik geen relatie had. Toen Marie dus over haar zoon begon, zei ik tegen mezelf dat dit misschien mijn kans was en dat ik die niet mocht missen.

Ik was die zondag een beetje te vroeg. Ik had mijn lange, beige katoenen jurk aangetrokken, met knoopjes aan de voorkant. Het huis zag er best mooi uit en het stond in een prachtige laan met Japanse sierkersen. De tuin rook naar jasmijn. Het was niet ver vanwaar ik woonde, niet ver van het schoonheidsinstituut. Dat was handig.

Ik belde aan. Roger deed open. Voordat hij me begroette riep hij naar binnen, naar Marie: 'O, je had gelijk, Marie, ze is beeldschoon!'

Hij knipoogde naar me en verzocht me hem te volgen. De hal was licht. De volledige muur werd door een enorme vitrinekast in beslag genomen.

'Dit is mijn verzameling speculums. Prachtig, hè? Kijk, dit exemplaar dateert uit de Grieks-Romeinse tijd, het is gemaakt van koper en tin. Dat zijn broze materialen en soms brak zo'n speculum tijdens het onderzoek af, krak, in de vagina, haha! Hebt u een goede gynaecoloog?'

Ik wist niet of het de bedoeling was dat ik die vraag beantwoordde.

Hij nam me mee naar de zitkamer. Marie zette een dienblad met glaasjes port op de salontafel.

'En, hebt u het gemakkelijk kunnen vinden? Het is wat vreemd om u hier te zien. '

Dan tegen haar man: 'Als ik haar zie, zit ze meestal met haar handen aan mijn vulva! Haha!'

'Over handen en vulva's gesproken, laat haar je verzameling forcepsen eens zien.'

'O ja! Kom maar mee!'

Ze nam me mee naar de eetkamer. Ook daar stond

een enorme vitrinekast. Op de glazen platen lagen meer dan vijftig verlostangen in allerlei afmetingen en vormen uitgestald.

'Forcepsen worden al sinds de oudheid gebruikt. Maar in feite hebben we de techniek nog maar ruim een eeuw echt onder de knie. Daarvoor werden er vaak vaginale wonden mee veroorzaakt, en zelfs scheuren in de baarmoederhals. Of de foetus kreeg ervanlangs, hersenbeschadigingen, uitgestoken ogen, dat soort dingen... Glaasje port? Olivier zal hier zo wel zijn.'

Roger reikte me een flacon desinfecterende handgel aan.

'Mag ik u vragen om uw handen te ontsmetten? Tegen ziektekiemen.'

Misschien begon het toen al te ontsporen. Maar op dat moment had ik het niet door.

Een vlieg maakte een wandelingetje op de armleuning van de luie stoel met bloemetjesstof waarin ze mij hadden verzocht te gaan zitten. Roger en Marie zaten tegenover me op de bijpassende bank. De vlieg wreef haar voorpootjes schoon, als een chirurg die zich voorbereidt om een buik open te snijden. Ik keek naar de vlieg, Roger en Marie keken naar mij. Roger liet een scheet. Ik kreeg vast een kleur, maar ik bleef naar de vlieg kijken.

We wachtten in stilte op Olivier. Hoelang? Geen idee. De vlieg had in elk geval tijd genoeg om een mannetje te vinden en op de armleuning te paren.

Op een gegeven moment vroeg Marie: 'Julie, wilt u uw baarmoeder niet eens zien nu we hier toch zitten te wachten?'

Ze stelde me die vraag alsof ze me een jus d'orange aanbood.

Roger deed er een schepje bovenop: 'Ja natuurlijk, wat een goed idee!'

'Oliviers praktijk is hier vlak naast en is volledig uitgerust. Ik kan een echo maken, gewoon om te controleren of alles in orde is.'

'En maak dan meteen ook een uitstrijkje.'

'O ja! Kom, kom mee, het duurt niet lang.'

Ik zei: 'Dat is erg aardig, maar ik wil geen misbruik maken van...'

'Nee hoor, ik doe het graag! Ik ben zes jaar geleden met pensioen gegaan en eerlijk gezegd mis ik het een beetje.'

Roger zei niets, maar hij keek als een kind dat voor een suikerspinkraam staat.

'En bovendien kent u mijn vulva door en door, nu is het mijn beurt om die van u te leren kennen! Haha!'

Daarop schoot Roger in de lach, als een echo van Marie. Ze leken het erg goed met elkaar te kunnen vinden.

'Oké dan.'

Ik volgde hen door de gang, langs de vitrine met de speculums.

Marie liet me de onderzoektafel zien.

'Kleedt u zich uit en gaat u maar liggen.'

Ik verwachtte dat Roger naar buiten zou gaan, maar hij bleef staan.

Ze leken zo gelukkig.

Ik kleedde me uit en ging op de tafel liggen, zoals ik de afgelopen twee decennia jaarlijks had gedaan bij mijn eigen gynaecoloog.

Mijn lichaam zei iets. Iets als: 'Dit klopt niet, maak dat je wegkomt.'

Maar ik luisterde niet. Omdat ik Marie en Roger niet wilde ontstemmen, omdat ze me een aardig meisje leken te vinden en omdat ik graag heb dat mensen me een aardig meisje vinden. Omdat ze er zo gelukkig uitzagen. Omdat ik niet wilde dat er spanning tussen ons zou hangen. En omdat ik in de zitkamer had gezegd: 'Oké dan.'

Mijn huid zei me dat hij het niet fijn vond om hier, op dit moment, naakt te zijn. Ik voelde dat elke vierkante centimeter van mijn opperhuid aan de lucht en aan hun blikken was blootgesteld.

Ik spreidde mijn benen en plaatste ze in de beensteunen. Mijn geslachtsdeel opende zich. Als een oog dat aan een verblindend licht werd blootgesteld, smeekte het me om zich weer te mogen sluiten, om te worden beschermd. Ik luisterde nog steeds niet. Ik bedacht dat Marie zich ook zo moest hebben gevoeld op mijn behandeltafel in het schoonheidsinstituut en dat zij daar nooit moeilijk over deed.

Marie trok een latex handschoen aan.

In de stilte hoorde ik Roger ademhalen. Voor het eerst viel me op dat de lucht die langs zijn neustussenschot stroomde een speciaal geluid maakte. Het deed me denken aan de doodsstrijd van een octopus.

Maries vingers gleden binnen in mijn nog steeds schreeuwende geslachtsdeel.

'Ontspan u, Julie.'

'Ze is in elk geval erg netjes.'

Roger keek mee over haar schouder. Ze leken op de

foto's van Siamese tweelingen die ik ooit in het *Guinness Book of Records* had gezien. Eén lichaam, twee hoofden.

Marie zei, vooral tegen zichzelf: 'Geen poliepen, de baarmoederhals is tonisch.'

Toen haalde ze haar vingers eruit en ze pakte het apparaat om echo's te maken. Ze deed er gel op en stak het in mijn vagina. De gel was koud. Ik dacht bij mezelf: hm, bij mijn gynaecoloog is die gel warm, dat is prettiger.

Juist op dat moment kwam Olivier aan. Ik hoorde een stem bij de ingang van de praktijk die 'klop, klop, klop' neuriede.

'Kom binnen! Je komt als geroepen!'

Hij kwam binnen. Het was een lange, ietwat mollige kerel met een kinderlijke glimlach en vertrouwenwekkende schouders.

'Hallo mams, hallo paps!'

Hij gaf zijn ouders een kus.

'Kijk die schitterende baarmoeder eens! Ze is perfect!'

Hij boog zich naar het scherm en keek naar de golvende blauwe en zwarte vormen.

'O ja, prachtig! Geen cysten, geen fibromen...'

Toen draaide hij zijn gezicht naar mij: 'Hallo!'

'Olivier, dit is Julie. Julie, dit is Olivier.'

'Aangenaam.'

'Roger, wil jij het uitstrijkje maken?'

'Ik durfde het niet te vragen!'

Het jongetje reikte kwijlend naar zijn suikerspin: 'Julie, dat vindt u toch niet erg?'

Mijn huid schreeuwde nog steeds, maar dat hoorde ik niet echt meer. 'Eh... Nee, nee, hoor...'

Marie haalde het echoding eruit.

'Mama, ik heb je al zo vaak gezegd dat je een condoom om de sonde moet doen voordat je die gebruikt!'

'Ach, kom! Ik heb het altijd zo gedaan en er zijn nooit problemen geweest.'

'Misschien is dat de reden waarom al je patiënten met HPV waren besmet.'

'Olivier, zo praat je niet tegen je moeder.'

Ik begon het koud te krijgen.

Roger maakte zijn uitstrijkje. Het was onaangenaam. Zoals alle uitstrijkjes.

Olivier vroeg me: 'Neemt u voedingssupplementen?'

'Nee.'

'Dan hebt u hoogstwaarschijnlijk een tekort. We zullen een bloedafname doen om alles te meten.'

Ik kon me eindelijk weer aankleden.

'Wat bent u toch een bofkont, hè, Julie? Een mens krijgt niet elke dag een consult met drie specialisten! En gratis bovendien!'

Daarna serveerde Marie het eten. Olivier at. Roger liet een scheet. Op een gegeven moment kruiste mijn blik die van Olivier en hij bloosde.

De week daarop kwam Marie weer langs in het instituut.

'Het was een waar genoegen u bij ons thuis te ontvangen. Ik denk dat u Oliviers hart hebt veroverd. Ik sta erop dat u volgende zondag weer langskomt!'

'Ach ja, waarom niet?'

'En bovendien, ik weet niet of er een oorzakelijk verband is, maar onder ons gezegd en gezwegen, Roger was niet meer te houden nadat u was vertrokken. Hij wilde me absoluut nemen op de onderzoektafel. Maar zeg dat niet tegen Olivier, hij zou razend worden, want hygiëne is zijn stokpaardje! Dus ik kan zondag op u rekenen?'

'Ja, oké.'

Het was zondag en ik ging weer op visite. Na de lunch stelde Marie aan Olivier voor dat hij me misschien zijn appartement boven de praktijk kon laten zien. Naast zijn deur stond een voetenbad, net als in het zwembad. Olivier vroeg me mijn schoenen uit te doen en mijn voeten te ontsmetten. Het appartement was klein maar functioneel en had grote ramen die op de tuin uitkeken. De zomer liep ten einde, de bladeren aan de bomen kleurden geel, er hing een geur in de lucht waardoor ik zin kreeg om kastanjes te poffen en brandnetelsoep te maken. En deze plek leek me daar ideaal voor. Olivier leek me zo'n man die dol was op gepofte kastanjes en brandnetelsoep. Daar stond hij, verloren in het midden van zijn woonkamer, tussen zijn lage, glazen salontafel en zijn 105-inch OLED-8K-flatscreentelevisie waarop een Xbox Series X en een PS5 waren aangesloten. Zijn blik dwaalde over het lichtgroene linoleum. Hij wreef zijn handen in met desinfecterende gel.

Ik zou het heft in eigen hand moeten nemen.

Ik liep naar hem toe en legde mijn handen op zijn wangen. Ik bedacht dat hij de ogen van zijn moeder had en ik zoende hem. Zijn lippen waren een beetje gesprongen, hij had een vettige T-zone. Ik kreeg zin om hem een gezichtsbehandeling te geven.

Ik bedacht ook dat ik eindelijk een goede reden had om Joël niet meer te zien.

Joël runde de garage naast het schoonheidsinstituut. Ik had geen auto, maar mijn werkgeefster had me er ooit eens heen gestuurd om verzekeringsdocumenten of iets dergelijks af te geven. Joël had naar me geknipoogd toen hij het document aannam en zijn vier collega's hadden me aangestaard met een schunnige blik. Een blik die ik niet fijn vond. Een blik die vrouwen wikt en weegt, hen uitkleedt, hun taille-heupverhouding berekent en hun voortplantingspotentieel beoordeelt. Een blik die ons in fokmerries verandert.

De volgende dag was Joël langsgekomen in het instituut en hij had voorgesteld om iets te gaan drinken, daarna had hij zich bij mij thuis uitgenodigd en met me gevrijd. Nu ja, 'vrijen' is niet het juiste woord. Ik hou niet van vulgaire woorden, maar als ik heel eerlijk ben over Joël, moet ik zeggen dat hij me had geneukt. Ik denk dat de nuance in de blik zit. Joël hield zijn ogen de hele tijd gesloten. Ik wist best dat hij aan iets of iemand anders dacht. Maar ik moet zeggen dat ik blij was een man in me te voelen. Ook al was het Joël en dacht hij aan iets anders. Ik begon ook aan andere dingen te denken. Ik zag mijn geschiedenisleraar van de middelbare school voor me. Het was beter dan niets. Maar ik mocht mijn ogen dan wel dichtknijpen, ik bleef Joëls geur ruiken. Ik ben erg gevoelig voor geuren. Hij rook naar muffe tabak, motorolie en vuile onderbroeken.

Hij stonk zo erg dat ik na elk bezoekje van hem mijn lakens moest wassen. Soms kwam hij drie keer per week langs.

Ik had hem al willen zeggen dat hij niet meer hoefde te komen, dat het genot een man in mij te voelen te vluchtig en te beperkt was om de tijd te compenseren die het wassen, drogen en strijken van mijn lakens me kostte. Maar ik kreeg het niet gezegd. Ik denk dat het een beetje was zoals bij Marie en Roger. Ik wilde niet de indruk wekken dat ik iemand was die nee zegt.

Misschien komt het door mijn oudere zus. Of eerder door mijn vader. Toen ik klein was, noemde hij mijn zus 'Juffertje Nee' omdat ze een beetje wispelturig was. Ze wilde dit of dat niet eten, ze wilde niet in bad, ze wilde niet naar school... Ze wilde niet. Dus ik deed alles wat ik kon om geen 'Juffertje Nee' te zijn. En mijn vader zei dan ook vaak: 'Wat is ze braaf! Ze is het altijd met me eens.' Ik smolt van trots. Hij begon me 'Juffertje Ja' te noemen.

Soms haalde hij ons op bij mama met de woorden: 'Papa gaat vandaag met Juffertje Ja en Juffertje Nee naar het pretpark!'

Hij is gestorven toen ik eenentwintig was. Ik heb mijn zus na zijn begrafenis nooit meer gezien. Ik hoor soms via mijn moeder hoe het met haar gaat. Mijn zus heeft geen kinderen en ze is ook niet getrouwd. Daarvoor moet je ja kunnen zeggen.

Maar nu had ik dus eindelijk een excuus om Joël niet meer te zien. Een verloofde is een geldige reden om met seksdates te stoppen.

Ik drukte mijn lippen harder op die van Olivier, alsof ik mijn besluit om met Joël te gaan praten wilde verankeren.

Hij legde zijn handen op mijn heupen. Ik bedacht dat hij zijn handen op zoveel andere vrouwen vóór mij moest hebben gelegd. Hoe vaak uit liefde? Hoe vaak als gynaecoloog? Hoeveel kinderen had hij op de wereld gezet? Zou hij ze met mij willen hebben? Had ik daar wel zin in?

Al mijn vriendinnen hadden kinderen. Ik had veel vragen over zwanger zijn. Ik vroeg me af hoe het zou zijn om een baby in je lichaam te voelen groeien.

Ik besefte maar al te goed dat ik geen deel uitmaakte van het clubje. Het clubje van echte vrouwen. Moeder worden moet een beetje vergelijkbaar zijn met een totem krijgen bij de scouts, een soort overgangsritueel om toe te mogen treden tot de besloten kring van ingewijden. Een beetje zoals toegang krijgen tot het schoolplein van de grote kinderen.

Ik wilde toen direct met hem vrijen. Waarom nog tijd verspillen? Maar ik durfde niet. Ik was bang dat hij zou denken dat ik geen fatsoenlijk meisje was. Dus zei ik: 'Volgens mij zitten je ouders op ons te wachten met het dessert.'

We gingen weer naar beneden, naar Marie en Roger, en aten een chocoladetaartje.

Daarna ging het allemaal heel snel.

De volgende zondag vroeg Olivier me ten huwelijk. Hij had alles met zijn ouders voorbereid. Marie had de verlovingsring in mijn glas port gedaan. Omdat het rode port was, zag ik het pas aan het einde van het aperitief.

Ik zei: 'O, maar er ligt een ring in mijn glas!'

Eerst dacht ik dat Marie die van haar had verloren.

Olivier vroeg: 'Julie, wil je met me trouwen?'

Marie keek me aan alsof ik net de hoofdprijs in de loterij had gewonnen. Ze had echt dezelfde ogen als haar zoon. Roger liet een scheet.

Ik zei: 'Ja, oké.'

Ik zocht Joël op om hem te vertellen dat ik ging trouwen en dat we elkaar niet meer konden zien. Hij haalde zijn hand door zijn haar en liet daarbij een grote streep smeerolie op zijn voorhoofd achter. Met een uitgedoofde peuk tussen zijn lippen zei hij: 'Mij best', en verdween toen in de smeerput van de garage, onder een Renault Espace. Ik zei: 'Nou eh, tot ziens dan.'

Hij zei: 'Yep.' Ik voelde de blik van zijn vier collega's op mijn lichaam toen ik naar buiten liep.

Het was een prachtige bruiloft. Het feest moet vreselijk duur zijn geweest. Marie had voor alles gezorgd. Ze had me haar jurk gegeven, die een beetje uitgelegd moest worden.

Ik trok in bij Olivier, in zijn kleine appartement.

Marie had tegen me gezegd: 'Dat zal heel handig zijn met de kinderen, ik zal vlakbij zijn om je te helpen.'

Ze hadden alleen wat uitbreidingswerken gedaan zodat we drie kamers hadden.

'Zo hoeven jullie je alvast geen zorgen te maken bij de eerste twee, daarna zien we wel.'

Ik stopte ook met mijn werk in het instituut. Er was besloten dat ik me niet langer hoefde te vermoeien door de hele dag op mijn benen te staan voor een 'hongerloontje', zoals Olivier had gezegd.

De uitslag van mijn bloedonderzoek toonde een tekort aan vitamine D, omega 6, zink, magnesium, ijzer en ook een licht verhoogd cholesterolgehalte. Olivier schreef me pillen voor om alles weer op peil te brengen. Hij gaf me ook foliumzuur als voorbereiding op mijn toekomstige zwangerschap.

'Je zult de ideale buik zijn.'

Elke zondag lunchten we bij Marie en Roger, en elke zondag had ik recht op een gratis consult.

Ze controleerden dan de toestand van mijn baarmoeder, hielden mijn temperatuurcurve bij, noteerden mijn ovulaties, bepaalden mijn vruchtbare dagen en analyseerden mijn bloed.

Dat alles maakte me verdrietig. Ik kon niet uitleggen waarom, maar telkens als ik mijn voeten in de steunen legde, telkens als de injectienaald in mijn ader prikte, telkens als mijn bloed in het buisje stroomde kreeg ik een brok in de keel. Ik beet op mijn tanden.

Het verdriet groeide in mij als schimmel in een oude pot bolognesesaus die in de koelkast is vergeten.

Op een dag biggelde er een traan over mijn wang, ondanks mijn pogingen hem tegen te houden. Mijn blik kruiste die van Olivier. Hij wreef zijn handen in met desinfecterende gel.

Ik denk dat ik in die periode het gevoel kreeg dat mijn keel werd dichtgesnoerd. De constante aanwezigheid van Marie en Roger, van Geranium, de geur van ontsmettingsmiddel... Het was winter en ik zette de ramen van het appartement wijd open. Er was nooit genoeg lucht. Zelfs de wind die uit de tuin binnenwaaide leek al duizend keer door Marie en Roger te zijn uitgeademd. Ik kon er deeltjes uit hun longen in ruiken. Het was gerecycleerde lucht. Ik wilde verse lucht. Misschien was dat ook het moment waarop ik begreep dat er iets dreigde te ontsporen. Niet in die woorden natuurlijk, maar ik merkte wel dat een deel van mij verdwenen was.

'sOchtends stond ik tegelijk met Olivier op. Zijn wekker ging af om 7.00 uur, hij draaide zich dan naar me om, tikte zachtjes met zijn wijsvinger op mijn voorhoofd en neuriede: 'Klop, klop, klop, Juffertje Klaproos, tijd om wakker te worden.'

Soms wilde hij seks en legde hij zijn hand op mijn linkerborst. Altijd links en altijd 's ochtends.

Hij deed niet aan voorspel, hij gaf de voorkeur aan glijmiddel. Hij kwam op me liggen, een en al concentratie, en keek naar mijn borsten terwijl hij zijn lid tussen de wanden van mijn vagina heen en weer bewoog. Ik dacht aan het woord 'inseminatie' en aan Marie en Roger, die vlakbij waren. Ik stelde me voor dat ze daar waren, een paar meter verderop, en dat zij misschien ook seks hadden. Daardoor flitsten er beelden door mijn hoofd die ik onappetijtelijk vond, zoals stukken kauwgom waarop vreselijk lang is gekauwd door iemand met een vreselijk slechte adem.

Om 7.08 uur was Olivier klaar en ging hij douchen.

Ik maakte het ontbijt.

Hij at een snee brood met gekiemde granen, belegd met guacamole en sardientjes. Ik at mijn pillen.

Daarna vertrok hij naar het ziekenhuis. Ik douchte, ververste het water van het voetenbad, deed er opnieuw Dettol bij en zette de ramen open. Omdat het nog steeds dezelfde lucht was, ging ik weer naar bed. Ik telde de uren die voor me lagen tot de avond. Soms viel ik opnieuw in slaap, zodat de tijd wat sneller voorbijging. Ik dacht terug aan mijn werk in het schoonheidsinstituut. Ik miste de geur van was.

Ik keek naar de gordijnen die opbolden in de wind. Het waren zware overgordijnen van okerkleurig fluweel. Alle lucht die door de lichamen van Marie en Roger was gestroomd, kwam naar binnen, zoals plastic afval dat naar exact te voorspellen plaatsen in de oceanen drijft en zich daar ophoopt. Plasticsoep heet dat, volgens mij. Zeestromingen brengen al het afval zomaar op een bepaald punt samen. In mijn gordijnen verzamelde zich de afvalsoep van de lichamen van Marie en Roger. Er bleven talloze stukjes van hen in hangen. En die stukjes waren ogen die me in de gaten hielden. Ik zei tegen ze dat ze ergens anders moesten samenklitten, dat ze maar iemand anders in de gaten moesten houden, maar ze bleven daar hangen, met hun blik strak op mij gericht. Dan stond ik op en krabde ze eraf met mijn nagels, maar het waren er te veel. En bovendien bracht de wind er steeds nieuwe binnen.

Vervolgens begon ik Oliviers lunch klaar te maken. Hij kwam 's middags altijd naar huis.

Uiteindelijk bleek dat hij niet van brandnetelsoep hield. Of van gepofte kastanjes. Hij hield van gestoomde groenten en chiazaad. Met koudgeperste oliën.

Hij vertelde me over zijn ochtend in het ziekenhuis, over de baby's die hij eigenhandig op de wereld had geholpen. Soms liep het slecht af, maar dat was zeldzaam.

Daarna ging hij naar beneden. 's Middags hield hij consult in zijn praktijk.

Meestal kwam Marie dan naar boven om me te zien. Ik wilde haar vragen of ze me nog niet genoeg had gezien door die ogen in de gordijnen, maar ik zei niets. Ik glimlachte alleen maar. We dronken thee en dan gaf ik haar een behandeling. Een manicure, een pedicure, een scrub voor een stralende teint, een ontspannende massage, een waxbeurt... Er was altijd wel iets te doen. En ze had altijd wel iets te vertellen. Over haar Roger, haar herinneringen aan haar tijd als gynaecologe, haar verzameling verlostangen, haar plannen voor onze toekomstige kinderen...

Dan verdween ze weer naar beneden en ging ik nog wat ogen uit de gordijnen krabben. Vervolgens kroop ik opnieuw in bed en probeerde ik een beetje te slapen tot Olivier naar boven kwam.

Aan het einde van de dag moest hij 'zijn hoofd leegmaken' zoals hij het noemde, dus speelde hij oorlogje op zijn console. Ik keek mee. Het leek bijna een film. Om tien uur 's avonds ging hij slapen. Hij zei dan: 'Welterusten, Juffertje Klaproos.' Ik ging altijd mee naar bed, maar omdat ik nergens moe van was, duurde het lang voor ik in slaap viel.

Zo ging de winter voorbij.

In de lente was ik nog steeds niet zwanger. Mijn bloedonderzoek was altijd perfect, het huis even steriel als een operatiekamer, Olivier begreep er niets van. Mijn huid rook naar desinfecterende gel.

Ik begon weer aan Joël te denken.

Er waren zes maanden verstreken.

Ik miste zijn nagels met rouwranden. Ik miste zijn adem. Ik miste zijn viezigheid.

En ik realiseerde me dat ik sinds ik met Olivier was getrouwd, alleen seks had tussen 7.00 en 7.08 uur. Ik nam aan dat mijn seksleven voor altijd in dat tijdslot klem zou blijven zitten.

En aan de geur van Dettol op mijn huid gelinkt zou zijn.

Toen kwam die dag. Ik ga de gebeurtenissen in de juiste volgorde proberen te reconstrueren. Ik ga mijn best doen. Maar ik weet het niet meer zeker.

Het was een dinsdag. Dat weet ik zeker.

Oliviers wekker ging af. Toen hij zich naar me omdraaide om me wakker te maken, waren mijn ogen al open. Ik keek naar de gordijnen waar de wind doorheen joeg.

Hij legde zijn hand op mijn linkerborst. Ik had geen zin.

Ik zei: 'Ik heb geen zin.'

Hij zei: 'Maar dit is het goede moment, je bent volop aan het ovuleren.'

Dus hadden we seks.

Ik deed een kopstand terwijl hij ontbeet, daarna vertrok hij.

Ik nam een douche, ververste het water van het voetenbad en foeterde tegen de ogen in de gordijnen.

Rond tien uur liep ik naar beneden. Roger was in de hal zijn vitrine met speculums aan het schoonmaken. Marie goot bleekwater over het bordes. Ze vroeg: 'Ga je de deur uit, Julie?'

'Ja, ik heb behoefte aan een frisse neus.'

'Echt waar?'

Ik liep de voordeur uit. In de laan stonden de sierkersen in bloei, het leken grote bollen roze watten langs het trottoir.

Ik droeg mijn lange beige jurk met de knoopjes aan de voorkant.

Ik geloof niet dat ik erover had nagedacht, of ook maar iets had voorbereid. Mijn lichaam had het gewoon beslist.

Mijn voeten voerden me naar Joëls garage. Ik ging naar binnen. Het was een grote betonnen ruimte waarin zeven of acht auto's op een onderhoudsbeurt stonden te wachten.

Joël was er, en zijn vier collega's ook. Ze waren allemaal aan het roken, ze hadden allemaal zwarte handen.

Ik knoopte mijn jurk los en liet hem op de vettige vloer vallen. Ik zei geen woord.

Ze begrepen het niet meteen. Joël wilde mijn jurk oprapen en me bedekken. Ik zoende hem en legde mijn hand op zijn gulp. Toen begreep hij het.

Hij nam me mee naar het kantoor en sloot de deur. Hij stonk nog altijd even erg. Ik ademde zijn huid in, zijn haren, zijn lid. Zijn zwarte handen kneedden mijn witte borsten. Hij nam me rechtopstaand tegen de tafel, het duurde niet lang. Maar dit keer hield hij zijn ogen open. Toen hij klaar was, riep ik: 'De volgende!' Hij lachte. Zijn collega kwam binnen. Het kantoor was smerig, er slingerden een heleboel plastic bekers rond waarin sigarettenpeuken in een bodempje verschaald bier ronddreven. Een kolonie witte maden krioelde over een restje roompaté in een geopend pak.

Joëls collega's wachtten allemaal goed gedisciplineerd tot ze aan de beurt waren. Ze kwamen allemaal in of op mij klaar, sommigen twee keer. Ik heb het niet geteld.

Hun glibberige vingers met lange nagels wroetten diep en hard in mij. Hun door de tabak vergeelde tongen maakten elke vierkante centimeter van mijn hals, mijn borsten en mijn billen vochtig.

Toen ik terug naar huis ging, zat ik van top tot teen onder hun ziektekiemen.

Marie was de trapleuning aan het boenen met Dettol.

Roger deed Geranium in bad.

Ik liep snel naar boven, zonder me te laten zien.

Ik schrobde alle zichtbare sporen weg, maar waste mijn geslachtsdeel niet.

Toen Olivier thuiskwam, aten we iets, speelde hij oorlogje op zijn console en vervolgens gingen we naar bed.

Terwijl ik in slaap viel dacht ik aan alle miasma's, bacteriën, parasieten, virussen en schimmels die misschien in mijn lijf aan het sudderen waren.

De volgende morgen toen zijn wekker ging, zei Olivier: 'Klop, klop, klop, Juffertje Klaproos!' en legde zijn hand op mijn linkerborst.

Hij deed glijmiddel op, ik dacht chlamydia, hij kwam bij mij binnen, ik dacht syfilis, zijn lid slibberde door het zaad van die anderen, ik dacht gonorroe, hij gleed een paar keer heen en weer, ik dacht hepatitis, ik kreeg het warm, ik dacht druiper, mijn vagina spande zich op, ik dacht genitale herpes, de spanning explodeerde, ik dacht hiv, mijn lichaam schokte, ik schreeuwde, ik kwam klaar.

Het was 7.04 uur.

Julianne

Voor het gesloten restaurant met zeshoekige ramen komt Julianne op Alika af.

Ze wijst naar de plastic bank en zegt: 'Mag ik hier komen zitten?'

'Sorry, no speak French.'

Julianne lijkt zich van het antwoord niets aan te trekken en begint te praten. Alika verstaat er geen woord van, maar dat vindt Julianne niet erg. Als ze maar kan vertellen. Als ze maar niet naar huis hoeft, waar alleen de stilte haar wacht. Wat ze wil is een onschuldige ziel vinden die luistert, met wie ze een band kan krijgen. Iemand die ze zo lang mogelijk aan haar lippen gekluisterd houdt. Vertellen, herbeleven wat er is gebeurd. Die nacht waarin al haar buren de dood hebben gevonden. Het is nu twee jaar geleden. Maar het is er nog, elke seconde van de dag.

Ineengedoken in haar klerenkast heeft Julianne zich al drie uur lang niet verroerd. Haar knieën doen pijn. Het voelt alsof haar bekkenbotten de huid van haar billen gaan doorboren. Ze moest plassen, is gezwicht voor de aandrang en heeft het dan maar in haar broek gedaan. Nu heeft ze het koud. Ze denkt aan de thermostaat die 's nachts op tien graden staat. Waarom moest ze ook zo'n verdomde milieufreak zijn! Nou ja, het milieu is maar een smoesje, als ze heel eerlijk is.

Achter in haar garderobe, verkleumd in een plas ijskoude pis, realiseert Julianne zich dat ze gierig is. Een krenterige, verbitterde oude vrijster van achtendertig.

En die eigenschap heeft haar waarschijnlijk het leven gered.

In haar kale huis is het zo koud dat ze vast dachten dat het onbewoond was.

Ze vernielden de voordeur. Een salvo van een kalasjnikov. Een hels lawaai dat haar uit haar slaap rukte. Ze hoorde het lawaai, maar voelde vooral de kogels inslaan in de muren. Het was alsof ze in haar vlees drongen, alsof zijzelf haar eigen huis was. Een paar seconden lang was ze één met de bakstenen, voelde ze de kogelinslagen, verbijsterd door het geweld ervan.

Ze kwamen binnen.

Dinges blafte. Een vriendschappelijk gekef. Dinges is de slechtste waakhond ter wereld. Het tafereel speelde zich in Juliannes hoofd af alsof ze het met eigen ogen kon zien. Het lijfje van de wat te zwaarlijvige cocker dat wiebelde doordat zijn staart kwispelde. In zijn ogen moeten de indringers iets gelezen hebben als: 'O, wat leuk, bezoek! Jullie zijn mijn nieuwe vrienden!'

Nog een salvo. Geen Dinges meer.

Ze waren met zijn drieën of vieren. Of misschien met zijn veertigen, Julianne heeft geen flauw benul. Ze neusden rond. Een van hen liep haar slaapkamer binnen met de energieke, zelfverzekerde stap van een vakman. Hij stond een paar centimeter van haar af, vlak voor de klerenkast. Die heeft ze van haar grootmoeder geërfd. Een gevaarte van donker eikenhout. Het soort meubelstuk dat een bruidspaar vroeger cadeau kreeg, met bijpassend bed en dito nachtkastjes. In die tijd had je nog geen Ikea.

Ze was opgelucht dat ze haar bed had opgemaakt voor ze zich verstopte, en kuste in stilte haar pols. Het was een list. Die was zomaar in haar opgekomen, geen idee waarom. Ze hoorde de kalasjnikov, het gekef van Dinges, weer de kalasjnikov, en glipte net uit bed om zich te verstoppen toen ze besefte dat ze met een warm beslapen bed haar doodvonnis tekende. Ze maakte het strak op, in vijf seconden. De man die even later een paar centimeter van haar af stond, dacht vast dat de bewoonster van het huis vannacht elders sliep. Misschien bij een minnaar. Wat een giller!

Het werkte in elk geval wel.

Ze wisselden een paar woorden in een taal die ze niet kende en vertrokken toen naar andere huizen, om andere mensen te gaan neerknallen.

Ze bedenkt dat ze op haar interieur lijkt.

Koud, leeg en onbewoond.

Ze probeert te achterhalen wanneer haar wereld op z'n kop is gezet. Het was een doodgewone avond. Ze was van haar werk gekomen, had de post uit de brievenbus gehaald en een rekening in het facturenmandje op haar bureau gelegd. Ze had Dinges uitgelaten. Daarna had ze gegeten. 'Zuiderse groenten'-soep uit blik en een boterham met kruidenkaas light. Ondertussen naar het nieuws gekeken. Terrorisme, gespannen diplomatieke relaties tussen Iran en de Verenigde Staten, een politiek schandaal over verduistering van overheidsgeld, de witte neushoorn is officieel uitgestorven, Manchester United speelt tegen Barça, een feministische actievoerster is in Dublin door politieagenten doodgeslagen. Niets bijzonders. Ze hebben het niet eens meer over de vluchtelingen die in de Middellandse Zee verdrinken. Inmiddels kon het de media geen fuck meer schelen.

Daarna had ze naar een historische documentaire gekeken. Eerlijk gezegd had ze liever een aflevering van *Orange Is the New Black* gezien, maar ze moest van zichzelf elke week minstens één cultureel programma bekijken. Dat vond ze het absolute minimum om niet compleet onnozel te worden. Het was al erg genoeg dat ze niet meer las. Te stil. De televisie gaf haar het gevoel dat er iemand bij haar was. Met *Geheime geschiedenis* leek het een beetje alsof ze de avond met de presentator had doorgebracht. Ze had trouwens een hekel aan de stilte die haar overviel zodra ze de televisie uitzette.

De tv was voor Julianne wat het kampvuur voor oermensen moest zijn geweest. Hij verdreef de duisternis, verwarmde haar lijf en beschermde haar tegen roofdieren. Zette ze de tv uit, dan overweldigden de duisternis en de eenzaamheid haar. Als een harde stomp in haar onderbuik waarmee ze haar dagelijkse dosis depressie toegediend kreeg. Om de schok te verzachten dimde ze eerst geleidelijk het volume. En daarna praatte ze tegen Dinges. Die avond had ze hem zoals altijd een hondenkoekje gegeven. Toen ze de trap op liep, had ze de vierde tree overgeslagen, want die kraakte. Niet omdat ze bang was voor dat geluid, maar uit bijgeloof. Ze geloofde dat het ongeluk bracht als je die tree deed kraken. Alsof dat gekraak een duivelse kracht kon wekken die in de bedompte hoekjes van haar dagelijks bestaan lag te dutten.

En ze had zelf ook een hondenkoekje gegeten... Dat was haar geheimpje. Iets tussen haar en Dinges. Ze vond hondenkoekjes lekker. Een frisse adem kreeg ze daar vast niet van. Vooral de volgende ochtend, want 's avonds poetste ze haar tanden niet meer. Ze sliep alleen, het kon haar niets schelen.

Daar in haar klerenkast, midden in die plas pis, vraagt ze zich af of ze een slechte adem heeft. De gekste gedachten gaan in haar om. Schieten alle kanten op.

Die song blijft door haar hoofd malen. 'Light My Fire' van The Doors.

Heeft haar haardos zich volledig kunnen vernieuwen sinds ze voor het laatst seks had?

Dat was nu anderhalf jaar geleden. Met Thierry. Best een smerige scharrel was dat. Misschien wisten haar haarpunten het nog. Ze voelde zich net een gebruikte zakdoek toen hij vertrok. Of een sok. Zo een waarin pubers zich afrukken.

Thierry kende ze sinds jaar en dag. Oppervlakkig. Een werkrelatie. Ze werkte voor een administratiekantoor en aan het einde van elk kwartaal ging ze naar de klanten toe om de btw-periode af te sluiten. Thierry was zo'n klant. Ze zaten een dag samen om de coderingen door te nemen en zij legde hem de kostenplaatsen uit. Hij was niet bijster geïnteresseerd in boekhouding, hij had zijn eigen zaak, zat in de zwembadbranche. Zijn ding was tuinen bezoeken, plattegronden tekenen en toezicht op de bouwplaatsen houden, niet achter een pc zitten en facturen en bankafschriften invoeren.

Julianne was geduldig. Ze moest hem elk kwartaaleinde weer alles opnieuw uitleggen, maar ze bleef professioneel.

Soms gekscheerden ze. Thierry maakte haar aan het giechelen met zijn droge humor. Hij had een of andere mannelijke mix van zelfvertrouwen en aplomb over zich die Julianne een kriebel van opwinding in haar onderbuik bezorgde. Op zo'n dag in Thierry's kantoor zat ze er altijd wat gespannen bij. Die spanning vond ze best fijn. Soms liep hij achter haar langs en stelde ze zich voor wat er zou gebeuren als hij langzaam dichterbij zou komen, de geur van haar haar zou opsnuiven en zijn handen op haar borsten zou leggen. Dan onderdrukte ze die gedachte en richtte haar aandacht op het factuurboek. Ze haalde zich niets in haar hoofd. Hij was getrouwd. En te hoog gegrepen voor haar. Ook al was hij geen knappe vent, toch wist Julianne dat ze hem niet kon krijgen.

Dus genoot ze van de momentjes van opwinding die ze overdag bijeensprokkelde en 's avonds mee naar huis nam om er haar nachtelijke fantasieën mee aan te wakkeren.

Tot de spanning op een dag opliep.

Het stelde niet veel voor. Toen ze hem op het computerscherm het verschil liet zien tussen het tarief van 6 procent en dat van 21 procent waren hun gezichten merkbaar dichter bij elkaar gekomen. Meer dan nodig. Hun knieën raakten elkaar en geen van beiden deed daar wat aan. Wat later die dag legde Thierry zijn hand op haar voorarm toen hij haar een grap vertelde. Een schijnbaar onschuldig gebaar, maar in Juliannes buik sprong er een vonk over. Die dag was er veel werk. Ze moesten wat langer doorwerken. Thierry bestelde Thais. En een fles wijn. Ze waren weer aan het werk gegaan, hun stoelen dicht tegen elkaar aan, en nu raakten niet alleen hun knieën, maar ook hun dijen elkaar.

Weer raakte hij Julianne aan. Op haar bovenbeen dit keer. Zijn vingertoppen streken over haar lies. Ze bleven over cijfers praten, alsof ze de olifant in de kamer niet zagen. Julianne kwam bijna klaar. Thierry's hand kroop langzaam naar boven, zijn vingers begonnen Juliannes schaamstreek door haar broek heen te masseren. Toen greep hij met zijn vrije hand haar gezicht en kuste haar. Ze deden het op het bureau, tussen de opengeslagen ordners. Het was vlug gegaan. Veel te vlug. Toen Thierry zijn gulp dichtritste, voelde Julianne aan zijn ontwijkende blik dat hij zich al schaamde. Niet omdat hij zijn vrouw had bedrogen, maar omdat hij haar had geneukt. Omdat hij was vreemdgegaan onder zijn stand. Zijn hormonen gierden die dag door zijn lijf. Hij had zich net zo goed in de wc's kunnen afrukken, maar toevallig was Julianne er, dus waarom niet.

Ze vond het een rotgevoel, maar ze begon het al gewend te worden. Het was haar al eerder overkomen. Ze wist hoe te reageren om hem niet te veel gezichtsverlies te laten lijden. Ze vertrok snel en toen ze elkaar het volgende kwartaal terugzagen, had ze er in alle talen over gezwegen.

Ze hadden hun samenwerking weer opgepakt als vanouds, maar dan zonder die kriebel van opwinding.

Achter in haar klerenkast wordt Julianne niet bepaald vrolijk als ze aan die zielige geslachtsdaad terugdenkt. Maar het leidt haar tenminste af. En op dit moment is afleiding van levensbelang.

Om niet meer aan die schreeuw te hoeven denken.

Van haar buurvrouw, Judith.

Ze hoort die nog steeds. En dat wil ze niet. Toch beseft ze dat er geen dag meer voorbij zal gaan zonder dat haar brein door die schreeuw wordt platgewalst. De schreeuw van een dier. De schreeuw van een moeder. Iets wat recht uit de oertijd kwam, recht uit de grotten, iets wat de hele geschiedenis van de menselijke beschaving had doorkruist en verscheurd, als een dolk die een meesterwerk aan flarden snijdt.

Een schreeuw die niet in het rijk der levenden thuishoorde. En evenmin in het dodenrijk. Die geen wetten kende. Een drilboor in haar oren. Weer een salvo. Weer een schreeuw. Deze was nog gruwelijker dan de vorige. Hij had al het mooie in Juliannes binnenste vernietigd.

Hoe ze de wereld zag als een tuin, weliswaar met doornstruiken, brandnetels, regendagen en hier en daar een dood konijntje, maar net zo goed met zonlicht, een zwoele bries met een vleugje kaneel, de lentegeur van pioenen, een beekje met zijn rustgevende beekjesgeluid, blote voeten op een zacht gazon en zoete vruchten die je zowat overal vindt, als je er een beetje moeite voor doet.

Ze kon tot nog toe altijd ver genoeg van de konijnenkadavers wegblijven om de stank niet te erg te ruiken.

Door de schreeuw is de tuin uiteengespat. Het zonlicht is verdwenen, de bomen zijn dood, zelfs het beekje staat droog. De tuin is in een kadaverkuil veranderd.

Na de schreeuw klonk er nog een salvo van een kalasjnikov, en toen niets meer. Stilte.

Daarna weer geschreeuw en schoten, van steeds verder weg.

En toen stilte, echte stilte.

Een stilte die Julianne nog nooit had gehoord.

Ze woont in een piepklein gehucht.

Maar ook ver van de stad en zijn onafgebroken gedruis hoor je niet-aflatende, geruststellende geluiden, zelfs 's nachts. Een auto, een baby die niet wil slapen, een schaterlach, een vrijend stel.

Geluiden die haar in haar diepste slaap toefluisteren dat er vlakbij andere mensen zijn, op een paar meter afstand, dat ze tot een grote stam behoort, dat de wakers op wacht staan, dat ze nergens bang voor hoeft te zijn.

Een piepklein gehucht. Een handvol huizen, velden, weilanden, stenen muurtjes waarop kinderen kunstjes uithalen. Een paar gezinnen, een stel gepensioneerden en zij. En Dinges.

De stilte is oorverdovend. De wakers zijn dood en de moordenaars zijn vlakbij, onzichtbaar.

Ergens daarbuiten. Misschien zelfs hier bij haar. Julianne durft zich niet te verroeren, omdat ze denkt dat er misschien nog een is. Dat er een is achtergebleven die nog sadistischer is dan zijn handlangers. En die roerloos zit te wachten, ergens in haar huis, tot ze uit haar schuilplaats komt.

Híj heeft geen kou of pijn.

Hij is getraind. En hij heeft een bijzonder scherpe neus. Hij kon het ruiken toen ze een plasje deed. Hij ademde diep in om elk partikeltje op te snuiven. Ureum, creatinine, urinezuur, hippuurzuur. En hij grijnsde in het donker.

Er is een vraag die Julianne niet loslaat, zonder dat ze begrijpt waarom.

Van welk kind was welke schreeuw? Eerst Manon? Of Louis?

Manon, zes jaar, Louis, drieënhalf.

Het maakt niet uit, dat weet ze wel, maar die vraag tolt door haar hoofd als een witgloeiende knikker.

Judith woont in het huis aangrenzend aan dat van Julianne. Of liever woonde.

Oorspronkelijk vormden beide huizen één geheel, tot de crisis en de bevolkingsexplosie zich aandienden. Huizen werden noodgedwongen opgesplitst. Muren werden opgetrokken. Architecturale vormen verminkt. Lichamen van elkaar gescheiden. Dat leidde tot zonderlinge tuinen, die te diep en te smal waren. Julianne had het altijd onzinnig gevonden: zij deed niets met haar tuin, ze had geen groene vingers. Hooguit deed hij dienst als hondentoilet voor Dinges. Ze had haar tuin net zo goed aan Judith kunnen geven, die zou er meer aan hebben gehad, met haar twee kindjes. Maar goed, hij was van haar, zo stond het in de eigendomsakte en je kon nu eenmaal niet alles door elkaar gaan gooien, want als je niet meer naleeft wat er in eigendomsaktes staat, worden alle grenzen van de beschaving onscherp en vervagen alle regels en de wereld is nu al een klerezooi zonder dat iemand daar nog een schepje bovenop hoeft te doen. Onze beschaving berust zowat op het respecteren van eigendomsaktes. En van btw-aangiftes.

Judith woonde dus in het huis aangrenzend aan dat van Julianne. Ze was een single mama met twee kinderen. Manon, zes jaar, Louis, drieënhalf. Manon, zes jaar, Louis, drieënhalf. Manon, zes jaar, Louis, drieënhalf.

Nu en dan paste Julianne op hen.

Vroeger woonde Jérôme, hun papa, er ook. Een aardige, hyperactieve vent die zich uit de naad werkte. Hij was een start-up begonnen. Supersportief, veel vrienden, bij heel wat projecten betrokken, dus was hij niet vaak thuis. En áls hij er was, leek het voor Judith alsof ze nog een kind extra had. Een echte bengel die geen minuut stilzat.

Dus was ze van hem gescheiden en Jérôme was het nooit echt te boven gekomen.

Julianne vond dat haar buurvrouw er een potje van had gemaakt. Jérôme ongelukkig, Manon en Louis ongelukkig, en Judith vrij maar alleen. Julianne beschouwde Judith als een wat wispelturige meid. Net als alle mooie meiden. Ze kunnen elke vent krijgen die ze maar willen, dus kunnen ze het zich permitteren kieskeurig te zijn, mannen te nemen en te dumpen. De liefde van een man betekent voor hen niet veel, want die hebben ze voor het oprapen.

Het is verdomme niet eerlijk. En dat allemaal voor een lekker kontje. Wat een losers konden mannen toch zijn…

Ze betrapt zichzelf op de gedachte dat als Judith niet

van Jérôme was gescheiden hij er zou zijn geweest om hen te verdedigen, haar en haar kinderen, en dat ze dan misschien nog zouden leven. Tja, dat krijg je ervan als je je zo aanstelt...

Julianne walgt ervan dat ze zoiets kan denken.

Ze begint geluidloos te huilen. De tranenstroom verwarmt haar gezicht een beetje.

En dan overvalt haar de gedachte, als een haal met een stanleymes tussen haar borsten, dat haar tranen misschien een geur hebben. Die geur kan de in het donker verscholen moordenaar opwinden, dus beveelt ze haar traankanaaltjes ermee op te houden.

En die luisteren. Voor de allereerste keer van haar leven.

Ondanks de angst, kou en pijn is ze een beetje beledigd door de vaststelling dat haar leven in een kadaverkuil onder de blote hemel moest veranderen voordat ze haar tranen eindelijk kon bedwingen.

Daar heeft ze nooit controle over gehad. Een scherpe opmerking van de postbeambte, een geërgerde blik van haar baas, soms was er niet méér nodig dan iemand bellen en op zijn voicemail stuiten of het was raak, ze moest alweer huilen. Dan zette ze alles op alles om haar tranen weg te slikken, en toch schoot ze telkens vol. En als het eenmaal zover was, kon ze het wel vergeten. Dat wist Julianne maar al te goed. Zelfs als de tranen nog niet over haar wangen biggelden. Ze kon ze even in een wankel evenwicht houden als ze haar hoofd een tikje naar achteren kantelde, maar zodra ze een keer knipperde veegden haar oogleden ze opzij, als miniruitenwissers.

Had haar gesprekspartner nog niet door wat er aan de hand was, dan was dat nu wél het geval. Een groot spoor van zwakte op elke wang.

In de ogen van de ander lees je dan, naar keuze: onbegrip, irritatie, zelfs woede, vermoeidheid, medelijden, voldoening, onbehagen, triomf, compassie, schuldgevoel, wat dan ook... Het effect op Julianne is altijd hetzelfde. De eerste traan baant de weg voor haar zussen die staan te dringen om haar te volgen. Het is acuut, het is chaos, het komt er heftig, luid snikkend uit. Dan gaat haar neus ook aan de slag, het snot druipt eruit, ze vindt geen zakdoek, veegt haar neus met haar mouw af.

Ze wil verdwijnen, van deze wereld wegvluchten, uit deze trein stappen die ze niet uit vrije wil heeft genomen, waarin ze slechts een verstekelinge is.

Zij heeft hier niet om gevraagd. Echt niet. Verdomme toch.

Op de dag dat ze verwekt is moet er iets fout zijn gegaan in de loop van het universum. Ergens in het perfect geoliede binnenwerk van de kosmos heeft een radertje gehaperd. Een voortijdige zaadlozing, een al te hardnekkige spermacel, een contraceptieve molecule die faalde en daar was ze dan, Julianne, de fout.

Soms denkt ze dat het waarschijnlijk aan die hapering ligt, door het zogenaamde vlindereffect, dat het zo slecht gaat met de wereld.

Sterker nog, ze maakt momenteel vast de tragische afloop van die fout mee. Het einde van de wereld.

Het is achtendertig jaar geleden begonnen, de bug van haar verwekking heeft andere bugs veroorzaakt, die er op hun beurt exponentieel weer nieuwe genereerden, en zo is alles op hol geslagen tot vannacht, tot nu.

Vandaar misschien dat ze haar tranen onder controle heeft. De onveranderlijke natuurwetten worden al door het niets opgeslorpt de aarde bevindt zich aan de rand van het zwarte gat, in de seconde voordat ze wordt vernietigd. Terug naar het oorspronkelijke niets. Dadelijk is het haar beurt. En die van de moordenaar.

Julianne vraagt zich af of ze liever wordt neergeknald of door het niets wordt opgeslorpt.

Ze vraagt zich ook af of de moordenaar op het moment dat zij wordt opgeslorpt niet langer een moordenaar zal zijn. Of hij haar als een zus zal beschouwen, als lid van zijn clan, de clan van de mensen, de zoogdieren, de levenden. Of dat de haat sterker zal zijn.

Ze beseft dat ze niet bang is om vannacht te sterven. De hele planeet is in het zwarte gat aan het glijden en ze vindt het best.

Manon, zes jaar, en Louis, drieënhalf, zijn afgemaakt, wat kan er daarna nog zin hebben?

Sterven of verdwijnen, wat maakt het uit, wat haar beangstigt, is dat het zonder liefde gebeurt.

O, ze vraagt heus niet veel. De glimlach van een caissière, het knikje van een voetganger als je hem laat oversteken, een liedje, een nieuwsgierig kindergezicht dat achter moeders rok vandaan komt gluren, gewoon iets wat bewijst dat de tuin echt heeft bestaan.

Ze is er klaar voor nu.

Alles lijkt haar beter dan eenzaamheid, kou, pijn, pis en haar hondenkoekjesadem.

Voorzichtig komt ze overeind. Haar knieën janken van de pijn en de opluchting. Haar voeten slapen maar ze zijn er en ze zijn nog altijd van haar. Haar handen grijpen een kleerhanger vast om haar benen te ontzien. En die samenwerking, die solidariteit tussen haar lichaamsdelen troost haar een beetje.

Julianne duwt de deur van haar klerenkast open. Die knarst. Shit, een druppeltje WD-40, hoe moeilijk kan het verdomme zijn!

Ze stelt zich voor hoe de moordenaar zijn oren spitst, zich verlekkert. Hij laat zijn tong over zijn lippen glijden. Het zal hem tegenvallen. Ze zal niet bang zijn. Ze zal hem recht in de ogen kijken, in zijn ogen een spoor van menselijkheid zoeken. Ze zal niet naar de kalasjnikov kijken en de knal niet horen. En als hij haar wil martelen of zelfs wil verkrachten voor hij schiet, wat maakt het uit. Ze zal tegen zichzelf zeggen dat ook hier vast een vorm van liefde achter zit.

Ze komt uit haar schuilplaats.

Ze loopt de deur van haar kamer uit, de gang in. Geen moordenaar.

Julianne begint zich af te vragen of het allemaal wel echt is gebeurd.

Ze loopt naar beneden. Het is aardedonker, en toch zijn haar stappen zelfverzekerd. Haar lichaam kent dit huis uit het hoofd. Het tapijt voelt heerlijk onder haar voeten. Het is streelzacht. Waarom merkte ze dat vroeger niet? Ze zet haar voet op de vierde tree, die ene die kraakt. Dat doet Julianne met opzet. Het is haast een daad van verzet. Ze had een stilzwijgend pact gesloten met die tree. Ik laat jou niet kraken en jij zorgt voor een soort van evenwicht in mijn miserabele bestaan. Dat die duivelse kracht maar bleef dutten in zijn klotehoekjes. De tree was zijn deel van de afspraak niet nagekomen. Pech voor hem. Voortaan zal hij kraken.

Julianne komt in de hal.

Dinges ligt op de vloer, zijn rossige pels zit vol donkere bloedvlekken. De voordeur is ingebeukt, het slot stukgeschoten.

Het is echt gebeurd.

Maar geen spoor van de moordenaars. Ze zijn ervandoor. Ze wil zich omkleden. Haar pyjama druipt van de urine. De huid tussen haar dijen begint te prikken. Maar het idee naar haar slaapkamer te moeten, de tree te laten kraken, naar haar klerenkast terug te keren verlamt haar. Ze wil nu maar één ding, en dat is andere mensen zien. Ze voelt zich als een buitenaards wezen dat is gekomen om een nieuwe levensvorm te ontmoeten. Ze bedenkt dat ze iemand zou kunnen opbellen. Haar telefoon ligt op te laden op het tafeltje bij de voordeur. Dat zou ze kunnen doen. Maar ze heeft een fysieke aanwezigheid nodig. Ze wil haar huis uit, het gehucht uit vluchten. En bovendien is ze bang. Dat er niemand opneemt.

Ze pakt haar sleutels, jas en tas en werpt een blik op de klok bij de voordeur. 6.12 uur. Ze gaat naar buiten. De straat ligt er vredig en verlaten bij. De vogels beginnen aan hun ochtendconcert. Hoe durven ze?

Het is frisjes.

Ze drukt op de afstandsbediening van haar auto. De stilte wordt verscheurd door de ontgrendelende portieren. Ze gaat met haar doorweekte kont op de bestuurdersstoel zitten en doet het portier zo zacht mogelijk dicht. Uit respect voor de doden. Ze start de motor. De radio bezorgt haar hartkloppingen. Dankbaar omhelst ze het stuur. De radioantennes zenden uit, de mensheid is overeind gebleven. Ze voelt zich al minder eenzaam. Maar op slag heeft de doodsangst haar weer in zijn greep. Als de moordenaars nog in de buurt zijn, kunnen ze elk moment op het lawaai afkomen. Die gedachte vliegt haar als een roofvogel aan en stuwt een golf van totale paniek door haar aderen. Ze start de auto, krijgt haar bewegingen niet gesynchroniseerd, de motor slaat af. Haar keel is dik van de angst, waardoor haar longen geen lucht krijgen. Ze verbeeldt zich dat de moordenaars een paar meter van haar auto staan en zich verkneukelen bij het idee nog een slachtoffer te kunnen maken. Ze brult om de paniek te bedaren, beveelt haar brein te gehoorzamen en de eenvoudige bewegingen uit te voeren. Ontkoppelen, de sleutel omdraaien, gas geven en de koppeling intrappen. De auto schiet bruusk naar voren, botst kort tegen die van Judith vlak ervoor, een kapotte koplamp, een alarm begint te loeien, dan de weg op. De wielen vreten asfalt, ze vlucht, rijdt het gehucht door en laat het achter zich, eindelijk.

Ze rijdt naar de stad. Naar haar medemensen. Een maartse dageraad gloort aan de horizon. Onder normale omstandigheden houdt ze van deze tijd van de dag. Een tijd die je moet verdienen. De bevoorrechte tijd waarvan je geniet wanneer de meeste mensen nog slapen.

Ze rijdt. Haar gedachten gaan uit naar mensen die ze

nog niet kent, maar van wie ze nu al houdt.

Op de radio spuit een ontbijtprogramma zijn ratjetoe aan nieuwsberichten, braakt zijn reclamespots uit. Het slaat nergens op. Er is bloed vergoten. Liters bloed. Er zijn kinderen dood, er zijn mensen dood, en Dinges ook, zijn geest doolt rond in een massagraf en een of andere malloot probeert haar via de radio huishoudelektro aan te smeren.

Ze kruist de eerste auto's. Kon ze die maar tegenhouden en in de armen van hun bestuurders wegkruipen.

Het licht van de stad. Een enkele voorbijganger op de stoep. Vreedzaam. Nachtarbeiders die naar huis terugkeren. Daklozen die op stukken karton liggen te slapen. Vroege vogels. Nachtbrakers. Een vuilniswagen. Ze komt aan bij een politiekantoor, stopt midden op straat, springt uit haar auto en loopt naar binnen. Ze valt in de armen van een bedremmelde politieagent en barst in tranen uit. Heftige, onbeheerste snikken. Ze doet haar relaas. Het is een onsamenhangend, warrig verhaal. *Geheime geschiedenis*, het lawaai van de kalasjnikov, het gekef van Dinges, de pis, Judiths geschreeuw, de tuin die in een kadaverkuil is veranderd, de stilte in het gehucht, haar adem, heeft ze een slechte adem? Ze verontschuldigt zich. Iemand geeft haar een zakdoek. Ze jankt. De lange klacht van een gewond dier. Haar nagels krassen over het metaal van de tafel. En nog meer snikken. Manon, zes jaar, en Louis, drieënhalf. De krakende tree, dat onding is hun pact niet nagekomen. Kloteding! En de vogels, die klotevogels zongen! Geloof je dat nou? Ze waren aan het zingen, goddomme! En de in het donker verscholen moordenaar die de geur van tranen rook. Zijn grijns in het duister. En de stilte, die onmenselijke stilte. En geen kip te zien! Maar waar zaten jullie, godverdomme, waar zaten jullie? Waarvoor betalen we jullie, bende rukkers? O sorry sorry, bedankt dat jullie er zijn. Mag ik u omhelzen? Het is niets seksueels, het is gewoon... Ik heb het nodig, alsjeblieft... Ik hou van jullie, van jullie allemaal... Ze moeten opgehaald worden. Manon, zes, en Louis, drieënhalf. Ze mogen daar niet moederziel alleen blijven liggen. Ze zijn dood maar ze zijn vast bang... Alsjeblieft, ga ze halen. Maar waar zijn jullie in godsnaam mee bezig, stelletje achterlijke mongolen? Hoe vaak moet ik het nog zeggen? En leg die kutvogels het zwijgen op! Knal ze af! Knal ze allemaal af! Stelletje eikels!

De agenten hebben de psychiatrische crisisdienst opgebeld. Daarna zijn ze gaan kijken. Dood. Het hele gehucht. Alle deuren ingebeukt. De lichamen naakt of in pyjama, met kogels doorzeefd. Kinderen, mannen, vrouwen, oudjes, honden, afgemaakt. Sommigen zijn niet eens wakker geworden, anderen hebben geprobeerd zich te verzetten, te verdedigen, te verstoppen. Geen overlevenden. Geen daders bekend.

Monica

Zodra het gehuurde busje is gestopt op de parkeerplaats van het benzinestation stapt Monica soepel en vlotjes uit. Ze draait zich om en onderdrukt een lachje als ze Oliviers gezicht ziet, dat weer knalrood wordt van woede nu hij doorheeft dat ze probleemloos zelf de helling in het bos op had kunnen komen.

Ze heeft zin in alcohol.

Ze loopt de shop binnen. Haar huid tintelt van de kou door de airconditioning, alsof miljarden ijzige naaldjes in haar vel prikken. Ze hoort Juliette en Sébastien achter de kassa lachen. Als ze binnenkomt houden ze zich in, maar hun gelach blijft in de ruimte hangen, als een puppy die wacht op een teken om voort te spelen. Monica wil zeggen: 'Doe maar alsof ik er niet ben, hoor', maar ze bedenkt zich. Dat is een domme opmerking. Je kunt niet doen alsof iemand er niet is.

Monica gaat naar de koelkast, haalt er een bierblikje van 33 cl uit en loopt dan terug naar de kassa. Vanachter Juliette begroet Sébastien haar: 'Goedenavond, mevrouw!', wat Monica's voorbarige conclusie ontkracht, namelijk dat die twee geliefden zijn. In Sébastiens 'Goedenavond, mevrouw!' zat een subtiele, maar overduidelijke stembuiging die zijn voorkeur voor piemels verraadde.

Monica steekt haar hand in de zak van haar rok en haalt er wat muntstukken uit: vijf euro en dertig cent in totaal. Er zit ook een biljet van vijftig euro in. Ze weet dat ze het niet zal gebruiken.

Ze loopt de shop uit.

Mensen zeggen vaak dat warmte benauwend is. Dat is niet het bijvoeglijke naamwoord dat Monica zou gebruiken. Omdat ze genoeg heeft van clichés. En omdat ze zich niet kan vinden in de negatieve bijklank van het woord 'benauwend'. Zij houdt van deze warmte. Ze zou die eerder prettig en behaaglijk noemen. Bevrijdend zelfs. Je hoeft niet meer zoveel kleren aan te trekken. Ze heeft altijd van lichte jurken gehouden, korte toen ze kind was, langere in haar tienerjaren.

Monica ruilt de koele, geklimatiseerde ruimte van de winkel dus in voor de milde warmte van de nacht. Ze loopt langs het gesloten restaurant naar de plastic tafels. Ze knikt naar Alika en Julianne. Monica kiest de minst vieze tafel, gaat zitten en trekt haar blikje open.

Ze denkt na over de beslissende gebeurtenissen in haar leven. Ongetwijfeld haar zwangerschap, tachtig jaar geleden... Ze probeert het zich te herinneren. Kunnen herinneringen zoveel jaren overleven? Of verschrompelen ze uiteindelijk tot het verhaal dat we er zelf van maken? Monica weet het allemaal niet zo goed meer. Ze herinnert zich dat een jongen uit haar dorp haar heeft verkracht, dat wel. In die tijd heette dat niet zo, er werd ook niet over gesproken. Op de terugweg van de kermis had een jongen die ze van school kende haar 'te pakken gekregen' achter de muur van het kerkhof. Ze had erover gezwegen omdat ze wist wat de mensen zouden zeggen. Dat jongens nu eenmaal zo zijn, dat het niet kwaad bedoeld was en dat zij zo laat op de avond maar niet meer buiten moest rondhangen.

Ze had een goede reden om zo laat op de avond nog buiten te zijn, ze hoopte namelijk Paul te zien, de jongen die ze leuk vond. Maar hij kwam niet opdagen, niet voor de optocht van de fanfare en ook niet tijdens het bal. Ze bleef tot 's avonds laat ongeduldig op hem wachten, maar omstreeks middernacht gaf ze de hoop op en ging ze op huis aan. Toen liep ze die ander tegen het lijf, André. Ze verweerde zich, hij sloeg haar, zij begreep dat ze hem maar beter kon laten begaan. Het deed vreselijk veel pijn, ze bloedde, ze rook geuren die ze niet kende, de geur van Andrés mond, van alcohol en dan van zijn lid en van de sappen die eruit kwamen.

Eenmaal thuis waste ze zich, ging naar bed en huilde lang, en toen brak de volgende dag aan, toen de dag erna, en ze bleef erover zwijgen en dacht dat het voorbij was.

Pas twee maanden later besefte ze dat ze zwanger was. Ze moest het haar moeder dus wel vertellen, die het aan haar vader meldde. Geen van beiden werd boos of verweet haar iets. Er moest simpelweg een oplossing komen.

Haar moeder nam haar mee naar een dokter in de stad die, zo was haar gezegd, 'bereidwillig' was en 'bepaalde problemen' kon verhelpen.

De man, een veteraan uit de Grote Oorlog, had een indrukwekkend postuur en ontving hen erg vriendelijk. Hij onderzocht haar en mompelde toen: 'Goed, goed, we gaan je helpen, meisje.'

Hij leek diep in gedachten verzonken. Nadat hij wat aantekeningen in een zakboekje had gemaakt, keek hij Monica en haar moeder aan, herhaalde vervolgens: 'Goed, we gaan je helpen', en deed hen toen uitgeleide. Op de drempel zei hij: 'We moeten dit op het juiste moment aanpakken, u hoort nog van me.'

Monica en haar moeder keerden opgelucht terug naar huis. Die avond was het gezellig tijdens het eten. Monica en haar jongere zusje Camille maakten grapjes, zoals altijd wanneer ze de zorgenrimpel op hun vaders voorhoofd wilden wegtoveren. Hij lachte droevig, berustend. Meer kon hij niet doen voor zijn dochter. De jonge André was de zoon van de directeur van de fabriek waar hij werkte. Hij had dus geen keus, hij moest op zijn tanden bijten en zwijgen. De baby 'wegmaken' en alles vergeten.

Een week ging voorbij. Nog een. De arts liet niets van zich horen. Monica's moeder probeerde haar gerust te stellen: 'Hij is dokter, hij weet wat hij doet, laten we even afwachten.'

Maar ze wisten allebei dat hoe meer tijd er verstreek hoe gevaarlijker de operatie zou worden. Ze wachtten nog een week en keerden toen terug naar de stad, naar de praktijk van de arts.

Het consult duurde niet lang. Met een geruststellende glimlach zei hij: 'Maakt u zich geen zorgen, een beetje geduld, ik heb alles onder controle, wacht u maar op mijn telefoontje.'

Ze waren min of meer gerustgesteld vertrokken.

Nog een week. En nog een.

Uiteindelijk besloten ze om toch opnieuw op consult te gaan en toen de arts Monica had onderzocht, zei hij: 'De zwangerschap is te ver gevorderd, ik kan niets meer doen. Dat zou gevaarlijk zijn, het kind is te groot.'

Monica begon te huilen en haar moeder protesteerde: 'Maar u hebt ons gevraagd te wachten, u zei dat u alles onder controle had!'

De arts pakte opnieuw zijn zakboekje, krabbelde er met potlood wat aantekeningen in, fronste en mompelde toen een onverstaanbare zin waarin Monica de woorden 'wetenschap', 'natuur' en 'nederigheid' opving.

Monica's moeder viel uit: 'U hebt gezegd dat we moesten wachten! Waarom hebt u gezegd dat we moesten wachten, alleen maar om ons achteraf te vertellen dat het te laat is?'

Daarop keek de arts haar streng aan en zei: 'Mevrouw, u hoeft niet zo'n toon tegen me aan te slaan, ik heb lang gestudeerd, ik ben arts en ik versta mijn vak. Wat u mij hebt gevraagd is illegaal, ik kan u daarvoor aangeven. Alleen al omdat u me dit hebt gevraagd, kunt u naar de gevangenis worden gestuurd. Uw dochter ook. Deze baby zal geboren worden en ik zal een oplossing vinden, maakt u zich daar maar geen zorgen over.'

Monica zat nog altijd op de onderzoektafel te huilen. Ze had geen kracht meer om zich weer aan te kleden. De arts kwam naar haar toe en zei minzaam: 'Kom, kom, meisje, zo erg is het niet, wacht maar af. Je bent niet de eerste die dit meemaakt. Je moeder heeft hetzelfde meegemaakt. We zullen er alles aan doen om je ongemakjes zo veel mogelijk te beperken. Je hebt minder dan zes maanden te gaan. Wat is nou zes maanden? Dat is zo voorbij. Dan is het lente en kan je leven beginnen. We vinden wel een gezin voor het kind.'

Hij keek naar Monica's moeder: 'Als het een jongen is, beloof ik u zelfs dat mijn vrouw en ik hem adopteren. Uw dochter lijkt in goede gezondheid, het wordt een knap ventje.'

Monica bleef dus zwanger.

In het begin ging haar leven gewoon zijn oude gangetje. Op een dag zag ze zelfs Paul terug op de markt. Hij kwam melk, boter en eieren halen voor zijn vader, die ijsbereider was. Hij liep die dag met haar mee naar huis, en daarna zagen ze elkaar steeds vaker. Uiteindelijk vertelde ze hem over de baby, waarop hij haar hand pakte en zei dat hij haar zo vaak zou komen opzoeken als ze wilde en dat hij ijsjes voor haar zou meebrengen. En hij deed wat hij had beloofd.

Toen Monica haar buik niet meer kon verbergen en ze haar ouderlijk huis niet meer verliet om geroddel te vermijden, kwam Paul nog steeds elke dag met ijsjes langs.

De arts was ook meermaals uit de stad gekomen, vooral tegen het einde aan, om het verloop van de zwangerschap te controleren.

Monica voelde de baby bewegen en het vreemde gevoel in haar lichaam maakte haar aan het lachen, alsof ze van binnenuit werd gekieteld. Als ze 's nachts alleen in haar kamer was, praatte ze vaak tegen het kind. Ze vertelde hem dat alles goed zou komen en dat hij, als hij een jongetje was, bij de arts zou gaan wonen die zij niet mocht, maar die zeker een uitstekende vader zou zijn en hem alles zou geven wat hij nodig had.

Tijdens een van zijn bezoeken had de arts uitgelegd dat hij al vier dochters had en dat hij en zijn vrouw graag een zoon wilden. Dus zag Monica haar baby met zijn vier zussen voor zich, en ze overtuigde zichzelf ervan dat dit het beste was voor hem. Ze wist zeker dat het een jongen was.

De weeën begonnen een paar dagen na carnaval. Monica heeft er maar vage herinneringen aan. Het duurde lang, dat weet ze nog wel. 'Bijna twee dagen,' vertelde haar moeder vaak. De arts was verschillende keren langsgekomen.

Aan het einde was hij vijf volle uren gebleven, en hij fronste regelmatig zijn dikke wenkbrauwen. Hij leek na te denken, te aarzelen. Maar hij zei: 'Alles gaat goed, er is niets om je zorgen over te maken.'

Uiteindelijk was de baby gekomen, Monica voelde hoe hij uit haar lichaam gleed, hoe de massa die haar zo vertrouwd was geworden, haar verliet. Het gezicht van de arts lichtte op. 'Het is een jongen!' Het was de eerste keer dat ze hem zag glimlachen.

Hij betastte het krijsende, paarsige wezentje en woog het in zijn handen terwijl hij bleef herhalen: 'Wat een prachtig ventje.' Hij legde zijn stethoscoop tegen het nog magere ribbenkastje en keek toen naar Monica: 'Het ziet ernaar uit dat je je vrijheid terugkrijgt, meisje.'

Hij pakte de baby warm in en liep met het kind in zijn armen de slaapkamer uit.

Monica kwam er later achter dat hij een enveloppe met een beetje geld aan haar moeder had gegeven. 'Voor het ongemak,' had hij gezegd. Daarna was hij met het jongetje vertrokken.

Monica's moeder had haar de enveloppe pas een paar maanden later gegeven toen ze naar de stad verhuisde om verpleegkunde te gaan studeren, nadat ze Pauls huwelijksaanzoek had afgewezen. Ze had besloten engeltjesmaakster te worden.

Monica zit aan de plastic tafel en drinkt haar biertje op. Ze hoopt in Luxemburg gin te vinden. Waarom had ze eigenlijk Luxemburg gezegd? Ze had het er zomaar uitgeflapt. Misschien door het Mullerthal, een streek vol bossen, hoge kliffen en rivieren die naar het schijnt op de Zwitserse Alpen lijkt. Een klif is snel, geen halfslachtige maatregel. Ze wilde door het bos dwalen op zoek naar een discrete plek, ver van de wandelpaden. Zodat ze niet te snel gevonden zou worden. Of zelfs helemaal niet. Dat was beter dan Oliviers plan. Alles was beter dan Oliviers plan.

Het is trouwens tijd dat ze naar het busje terugkeert.

Monica loopt naar de prullenbak om haar lege blikje weg te gooien.

Ze denkt aan de laatste woorden van Romain Gary in de brief die hij schreef voordat hij in 1980 zelfmoord pleegde: 'Ik heb eindelijk alles gezegd.'

Zij heeft allang alles gezegd wat ze wilde zeggen.

Misschien had ze net als hij op haar zesenzestigste moeten sterven.

Er is geen grotere luxe dan zelf je sterfdag te kunnen kiezen. De laatste mond die je kust, de laatste blik die je uitwisselt. De armen die je omhelzen als je gaat.

De bossen van het Mullerthal. Dat zal haar laatste keuze worden.

Ze loopt naar het parkeerterrein. Ze gaat ervan uit dat Olivier alweer is gaan plassen. Zijn ontstoken urinewegen lijken een ware marteling. Maar ze kan geen medelijden voor hem opbrengen. Ze komt langs de trailer waarin het paard een beetje onrustig wordt. Hij moet zin hebben om te lopen. Of om zijn benen te gaan strekken tussen de bomen die hij waarschijnlijk nog net kan zien, een paar meter verderop. De man met de lamme arm is bijna klaar met het oppompen van zijn autobanden.

Op dat moment ziet Monica het blauwe huurbusje op de invoegstrook van de snelweg voorbijrijden. Ze vangt een glimp op van Olivier, die strak voor zich uit kijkt. En van Julie, die nu voorin op de passagiersstoel zit. Hun blikken kruisen elkaar. Monica kan niets opmaken uit Julies uitdrukking, die zowel terneergeslagen als onverschillig is.

Ze zucht vermoeid. Een auto met een krachtige dieselmotor rijdt weg van de parkeerplaats. Monica kijkt om.

Joseph

Voordat ik u dit verhaal vertel, wil ik erop wijzen dat ik nooit last heb gehad van erectiestoornissen. Niet dat ik me ervoor zou schamen, erectiestoornissen zijn niets om je voor te schamen, maar ikzelf heb er nooit last van gehad. Nooit.

Ik heet Joseph en ik ben handelsreiziger in roofmijten. Als kind wilde ik astronaut worden en toen, tja... het leven...

Roofmijten zijn belangrijk. Vooral voor kippenboeren. Roofmijten zijn een natuurlijke predator van bloedluizen. Bloedluizen vallen de kippen aan, de kippen leggen niet meer, de boer is wanhopig, hij belt mij, ik kom langs met mijn roofmijten, en de levenscyclus is rond.

Die avond stopte ik op weg naar huis van mijn ronde bij een benzinestation. Op de parkeerplaats stond een bord van een verkeersveiligheidscampagne, met daarop een lachende man die een klein meisje op zijn arm had: TWEE UUR RIJDEN, KWARTIERTJE RUST!

Ik had die man willen zijn. Een verantwoordelijke, keurige huisvader, met kinderen die op zondagochtend bij mij op bed zouden springen. En een vrouw. Niet per se een adembenemende, slimme of mooie vrouw, gewoon iemand die van me hield en van wie ik ook hield.

Daar dacht ik allemaal aan toen ik in het oranje schijnsel van het neonlicht naar de shop liep. Ik had koffie nodig. En misschien een zakje chips.

Ik zag haar zodra ik binnenkwam. Een brunette, slank, gemiddelde lengte, een grijs hemdje boven een lichtroze trainingsbroek. Het soort trainingspak dat je in Amerikaanse tv-series ziet. Strak, sexy, goede snit. Het soort trainingspak waarin ik nooit geloof. Ik denk altijd: het is nieuw, ze hebben de etiketten er vast afgescheurd vlak voordat ze de scène draaiden.

Maar dit was een echte vrouw, die zoiets in het echte leven droeg.

Ze stond aan een hoge tafel, nam een foto van haar beker koffie en typte toen iets op haar smartphone met de behendige, snelle vingers van iemand die twintig foto's per dag op sociale media post.

Aangezien ze vlak naast de koffieautomaat stond, waagde ik het erop. Ik zag het grijzige, met cacao bespikkelde schuim dat al aan het verdwijnen was in haar plastic beker, en vroeg: 'Cappuccino met extra melk?'

Ze keek op en richtte haar blik op mij. Eerst op mijn gezicht, vervolgens op mijn buik, die haar beter dan ik vertelde van de vele uren die ik achter het stuur doorbracht, en van mijn snackbardieet. Toen haar ogen weer op mijn gezicht waren gevestigd, lag er een mengeling van minachting en ingehouden ergernis in.

'Klopt.'

Ik stamelde: 'O, lekker, dan neem ik hetzelfde.'

Terwijl de automaat mijn bestelling klaarmaakte was

ik voor het eerst van mijn leven beschaamd dat ik bestond. Beschaamd dat ik ooit op de wereld was gezet. In de stilte van het wegrestaurant gaven de minachting van die vrouw en het geluid van de koffie die in het plastic bekertje stroomde, me zin om te verdwijnen.

Ik pakte mijn cappuccino met extra melk en ging aan een tafel dicht bij de deur staan, zo ver mogelijk bij haar vandaan. Ik aasde op een zakje chips uit de automaat tegenover me, maar durfde niet de minste beweging te maken. En vooral niet het minste geluid.

Achter de kassa stonden een man en een vrouw te lachen. Misschien lachten ze mij uit.

Ik was bang voor de vrouw in het trainingspak. Ze deed me denken aan mijn lerares op school. Die keek me ook altijd zo nijdig aan. Elke ouderavond zei ze: 'Die jongen is gevoelig, hè, je kunt niets tegen hem zeggen.' Het klopt dat ik gevoelig was. Ik huilde bij het minste of geringste.

Mijn vader was fotograaf, hij had een winkel in het dorp waar we woonden. Hij ontwikkelde filmrolletjes die mensen binnenbrachten, verkocht lijsten en maakte portretten. En in het weekend schuimde hij bruiloften en communiefeestjes af, en alle andere gebeurtenissen die mensen niet willen vergeten. En soms nam hij puur voor zichzelf foto's. Hij was gefascineerd door boter. Hij heeft er zelfs een tentoonstelling en een boek over gemaakt. Verse boter, knoflookboter, kruidenboter, zomerboter, winterboter. Hij legde me uit dat er vele kleuren en texturen waren, dat er niets mooier of fotogenieker was dan de druppeltjes die zich op het oppervlak van gezouten boter vormen. Na een ouderavond waarop de lerares weer had gezegd dat ik gevoelig was, nam hij me een keer mee naar zijn donkere kamer en liet me alles zien.

'Kijk, Joseph, om een foto te nemen heb je film nodig.' Hij deed het licht uit, zette de rode lamp aan, haalde een Ilford-filmrolletje uit het doosje en rolde een paar centimeter van de bruinachtige strook uit op de tafel.

'Op de film zit een emulsielaag waardoor hij gevoelig wordt voor licht. Als je een foto neemt, laat je het licht heel even binnen en hup, de film legt het beeld vast. Zonder die gevoeligheid kun je geen herinneringen vastleggen. En sommige filmrolletjes zijn gevoeliger dan andere. Hoe gevoeliger de film, hoe minder licht je nodig hebt, en hoe verrassender en unieker de beelden zijn die je kunt vastleggen. Het is tovenarij.'

Hij stierf een paar maanden later stomweg aan een hartaanval, op zijn vierenveertigste, zoals Michel Berger, de man van France Gall.

Het enige wat ik van hem heb bewaard is een Ilford Delta 400-filmrolletje, dat als geluksbrenger in het handschoenenkastje van mijn auto ligt, en een zwart-witfoto van een klomp gezouten boter op een zwart bord, met op de achtergrond de vage vorm van een rustiek raam waardoor het eerste licht van de dageraad binnenvalt.

In de shop had de jonge vrouw haar cappuccino op. Ze gooide haar bekertje weg en liep naar de deur. Toen ze me passeerde, stopte ze. Ik tuurde in mijn koffie, alsof ik daar plotseling iets fascinerends in had opgemerkt.

'Hoe heet je?'

'Joseph.'

'Wat doe je voor de kost, Joseph?'

'Ik ben handelsreiziger. In voedergrondstoffen voor de industriële veeteelt.'

Ik durfde niet over roofmijten te beginnen.

'Ik ben Chelly. Ik ben lerares paaldansen.'

'O, wauw, dat is euhhh... Ik zou u heel graag eens willen zien...'

Ik kon die zin niet meer op een slimme manier afmaken, dus ik liet hem maar in de lucht hangen.

Ze geeuwde zonder haar hand voor haar mond te houden.

'Oké, Joseph, heb je geen zin om te neuken?'

'Wat z... Wat?'

'Ik heb zin om te neuken, en jij staat hier. En ik kan wel wat beweging gebruiken. Jij ook trouwens. Dus wat wordt het?'

'Maar hoe dan, hier?'

Ze rolde met haar ogen.

'Nee, tuurlijk niet hier!'

'O.'

'Op de parkeerplaats. Ik heb een grote auto.'

Hier moet ik wat extra context geven. Ten eerste vind ik 'neuken' geen fijn woord, ik gebruik liever 'vrijen'. Verder vind ik alles wat aan de daad voorafgaat fijn: het drankje, het etentje, de spanning, alle kleine signalen die je elkaar stuurt om aan te geven dat je er zin in hebt, de angst om een blauwtje te lopen, de opluchting van de eerste zoen, dat alles vind ik heerlijk.

En bovendien vind ik het heel fijn om er mijn tijd voor te nemen.

En bovendien vind ik het niet echt fijn dat iemand me voor een fitnesstoestel houdt.

Maar. Ik had al ruim een jaar geen seks meer gehad met een ander levend wezen dan mezelf. Ik begon me zelfs af te vragen of ik het nog kon. En bovendien was ik ergens ook wel een beetje jaloers op mensen die de ene na de andere Tinder-date hadden. Ik vroeg me soms af of ik niet iets miste. Om maar te zeggen dat ik me op dat moment een seksuele avonturier voelde.

Overmoedig en onverschrokken zei ik: 'Ach ja, waarom niet...'

Toen ik haar op de parkeerplaats volgde, zag ik de welving van haar schouders. De satijnachtige huid over haar ronde spieren. Plotseling kwam er een vraag bij me op: 'Hé, Chelly, u gaat me toch niet vragen om, ik bedoel, u bent toch geen...'

Het was een gênante vraag.

'Wat ik wil zeggen, en dit is helemaal geen waardeoordeel, maar als...'

'Nee, ik ben geen hoer.'

Ze drukte op de afstandsbediening in haar hand. De lichten van een grote zwarte Hummer knipperden. Ze klom op de achterbank. Ik volgde haar. Er hing een vreemde geur. Een mengsel van geurboom, vrouwenparfum en nog iets anders. Iets wat ik kende, maar het duurde een paar seconden voordat ik het kon thuisbrengen.

Bloed. De auto stonk naar bloed. Een intense, misselijkmakende geur. Chelly had haar hemdje al uitgedaan, ze was bezig haar sneakers uit te trekken.

Ik probeerde snel na te denken. Wat als ik een gek was tegengekomen? Een soort bidsprinkhaan die mannen op parkeerplaatsen van benzinestations neukt en ze daarna vermoordt?

Toen kreeg mijn verstand weer de bovenhand. Dit meisje woog hooguit vijfenvijftig kilo met al haar kleren aan, en dat was nu niet meer het geval. Dertig kilo lichter dan ik, ik was veilig.

Ze leek een beetje geërgerd dat ik me nog niet had uitgekleed, trok dan maar zelf mijn broek naar beneden en ging schrijlings op me zitten. Ik had maar een halve stijve, want ik was opgewonden, maar tegelijk ook niet op mijn gemak door de situatie.

Ik kantelde mijn hoofd naar achteren en sloot mijn ogen, vastbesloten om van het moment te genieten. Ze bewoog goed, ik begon het zelfs best leuk te vinden. Ik moest alleen het idee van dat fitnesstoestel verdringen. Ik wilde haar vasthouden, mijn borst tegen de hare drukken, haar kussen, maar zij bleef rechtop zitten met haar rug naar achteren gekromd, ver buiten mijn bereik. Toen opende ik mijn ogen weer en op dat moment zag ik wat er in haar kofferbak zat. Een spade en een vormeloze massa onder een deken.

'Wat heb je bij je?'

Ze stopte heel even met bewegen en ging toen weer verder.

'Mijn hond. Ik wil hem in de Ardennen begraven.'

'Ach, is hij dood dan?'

'Nee, hij is echt in topvorm, daarom zeg ik dat ik hem ga begraven.'

'En wat is er met hem gebeurd?'

'Gaan we het over mijn hond hebben of gaan we neuken?'

'Om eerlijk te zijn ben ik mijn concentratie een beetje kwijt.'

Door die dode hond vlakbij was ik helemaal slap geworden.

Met een boze zucht ging ze van me af.

'Sorry.'

Ze begon zich al aan te kleden.

'Het is de eerste keer dat me dit overkomt, misschien moeten we gewoon een beetje onze tijd nemen, nog een koffietje drinken en wat met elkaar praten? Hoe heette je hond?'

Ze stapte uit de Hummer. Ik volgde haar.

'Misschien kunnen we binnenkort eens afspreken...'

Zonder een woord te zeggen opende ze haar portier en kroop achter het stuur.

Ik probeerde nog met 'Hier, als je wilt, mijn nummer is...'

Maar ze sloeg het portier midden in mijn zin dicht en reed met een brullende dieselmotor weg.

Ik stond daar als een sukkel naar het bord met de man en zijn dochtertje te kijken en ik wilde huilen. Dat was me allang niet meer overkomen. Een grote brok in de keel en een trillende onderlip. Ik vond het erg stom dat ik op die parkeerplaats moest huilen, maar het was sterker dan mezelf. Ik keek naar het meisje op het bord en het voelde alsof ze mijn overleden dochtertje was. Ik begon te snikken net als vroeger wanneer de lerares op school met een norse stem tegen me praatte.

Ik vroeg me af wat mijn vader ervan zou vinden als hij wist dat ik handelsreiziger in roofmijten was geworden. Hij zou waarschijnlijk blij zijn dat ik zoveel tijd op het platteland en op boerderijen doorbracht. En dat ik iets nuttigs deed.

Toen hoorde ik een vrouw roepen.

Antoine

De eerste keer dat het meer tegen me sprak, was ik aan het rennen. Dat jaar was de herfst vroeg gekomen in de bergen. Ik was zeven jaar en de volwassenen zeiden 'De zomer staat voor de deur' en 'De lente komt eraan', dus dacht ik dat de seizoenen personen waren. Tovenaars of magische wezens die hier een tijdje kwamen wonen en dan weer wegtrokken. Zulke machtige wezens dat ze hun warmte of hun sneeuw met zich meenamen. Ik begreep niet waarom niemand aan de zomer vroeg om voor altijd te blijven.

Ik rende over de helling van de Bösenhorn. Een groepje dorpskinderen zat me achterna met de wolvenkop. Stan was een grote knul van tien jaar. Normaal gesproken hing hij nooit zo ver van het dorp rond. Precies daarom speelde ik hier, zij bleven in de vallei van de Piz Cal. Dus ging ik verderop spelen, op de Bösenhorn, aan de kant van het meer. Maar die dag waren ze helemaal tot hier gekomen en ik had ze niet gehoord. Wie weet waren ze me gevolgd. Ik bekeek het kreng van de wolf. Hij moest een langzame dood zijn gestorven. Waarschijnlijk was hij dodelijk verwond door herdershonden en had hij zich een groot deel van de nacht voortgesleept. Ik vroeg me af of hij had begrepen dat hij zou sterven en of hij daarom had geprobeerd een mooi plekje te zoeken. De oever van het meer. Ik begreep hem. Het was de mooiste plaats die ik kende. De bergen eromheen leken te hebben afgesproken rond het wateroppervlak, dat voortdurend van kleur veranderde, van een melkachtig smaragdgroen tot opaak zwart. Als een verborgen schat die ze samen bewaakten. Misschien had het meer ze hier samengebracht, wekte het ze tot leven, was het hun brein. Ik voelde dat het meer leefde en dat het een kracht bezat waarvan een gewoon mensenbrein de draagwijdte niet kon vermoeden.

De wolf had zijn laatste adem aan de waterkant willen uitblazen. Hij wist vast dat doodgaan aan de oever van dit meer niet echt doodgaan was.

Het schitterende dier was enorm en zijn vacht was grijs-wit, zoals de rotsen op bergtoppen waar niets meer groeit. Zijn gele ogen waren open, gericht naar het meer dat hij niet had weten te bereiken. Misschien was zijn ziel langs zijn ogen vertrokken, had het duistere water hem opgezogen en maakte hij daar voortaan deel van uit. Zijn oogleden en zijn geopende muil zagen langzaamaan zwart van de vliegen. Ik verjoeg ze met de rug van mijn hand, maar ze keerden terug. Ik wist dat het bos zijn lijf zou opeten, zo gaat het altijd. Ik wist dat ik hem morgen weer zou opzoeken en misschien overmorgen, en dat ik daarna niet meer naar hem toe zou kunnen door de stank. Ik zou wel in dit deel van de bergen komen rondhangen, want van ver hield ik van die geur. Maar voorlopig wilde ik de wolf nog een beetje beschermen. Bij hem blijven.

Over hem waken of zoiets. Toen mijn moeder was gestorven had de hele familie dat dagenlang gedaan. Over haar waken. Ze had gezelschap nodig. Ik begreep niet waarom ze zo dicht bij haar bleven, waarom de hele familie in de slaapkamer naar haar kwam kijken, als ze haar daarna toch in een kist wilden stoppen en begraven. Maar later begreep ik het. De kist diende om de geur te verdoezelen.

Daaraan dacht ik terwijl ik naar de wolf keek en misschien praatte ik zelfs tegen hem, hoe dan ook hoorde ik de anderen niet komen.

'Een wolf!'

Ze waren met zijn drieën, ze kwamen aangerend en dromden rond het kadaver samen. Alsof ik lucht was.

'Hé, moet je dat zien!'

'Waaraan is hij doodgegaan, denk je?'

Stan boog voorover. Hij was groot voor zijn leeftijd. En sterk. De volwassenen mochten hem graag, omdat hij knap was en wist te charmeren. Zelfs zijn ergste streken werden door de vingers gezien, omdat er in zijn ogen te lezen stond: 'Ik weet wel dat het niet oké is, mevrouw, maar ik ben het, Stan!'

Hij stond boven alle wetten. Zo was het nu eenmaal. Je had gewone stervelingen en je had Stan. Hij liet geen kans voorbijgaan om iemand te verklikken die het reglement overtrad, maar dat reglement gold niet voor hem. En in Tinrü had geen dorpeling er ooit aan gedacht die situatie ter discussie te stellen. Hij was afkomstig van een herdersfamilie die haar gronden op de noordelijke helling van de Pärtangrat had verkocht toen er een skigebied werd aangelegd.

Hier zou nooit een skigebied komen. Ze hadden dat lang geleden geprobeerd. Op de noordkant van de Bösenhorn, boven Tinrü. Er was een weg vanuit het dorp aangelegd. Daarlangs konden ze bouwmateriaal vervoeren om skiliften aan te leggen en een eerste hotel-restaurant op te trekken. Maar eenmaal boven was niets gegaan zoals gepland. Een paar kerels die op de bouwplaats werkten, waren verongelukt. In de vallei had het gerucht de ronde gedaan. Dat het project vervloekt was. Een of ander wezen waarde rond op de bergtoppen en verslond iedereen die zich op zijn territorium waagde. Hoe koppiger de projectontwikkelaar bleef doorgaan, hoe meer doden er vielen. De dag na de feestelijke opening werd het project definitief opgeborgen toen een gondel van de kabelbaan neerstortte en alle vier inzittenden om het leven kwamen. Het gemeentebestuur had de paar installaties die al waren opgetrokken nooit gesloopt. Aan het einde van de weg lagen de overblijfselen van dit spookgebied, de kabels en skiliften dienden als steun voor de begroeiing waardoor ze waren verzwolgen. Het bergrestaurant was een bouwval geworden. Geen sterveling waagde zich nog zo ver. Op de andere helling van de Bösenhorn had het meer zijn rust hervonden.

Het moet niets van indringers hebben.

Dat heeft het me zelf gezegd. Toen het echt tegen me begon te praten, na die ene dag.

Stan begon tegen de wolf aan te schoppen. De twee anderen deden met hem mee. Karl en Fabio. In zijn buik, tegen zijn snuit. Toen zei Stan: 'Hé! Zullen we z'n kop eraf snijden?'

De anderen waren daar wel voor te vinden, dus haalde Stan zijn kleine zakmes tevoorschijn en begon de keel van de wolf door te snijden. Ik weet niet waarom ik bleef staan kijken... Hij was al dood, maar voor mij voelde het alsof ze hem een tweede keer ombrachten.

Deze wolf was mijn vriend, ook al had ik hem niet levend gekend, en ook al had ik niet veel tijd met hem doorgebracht, sommige vriendschappen zijn er nu eenmaal, zonder dat ze ontstaan en zonder dat ze worden onderhouden.

De wolf was mijn vriend en de anderen deden hem pijn, maar ik zei er niets van want ze waren echt veel sterker dan ik en ze leken mij wel glad vergeten, zo totaal gingen ze op in het doorsnijden van zijn keel. Ik bleef daar staan kijken. Als ze klaar waren, zouden ze weggaan en dan kon ik misschien iets doen voor mijn vriend, dacht ik. Ik keek in de richting van het meer, waarvan ik nog net de verblindende waterspiegel tussen de bomen zag fonkelen. De zon schitterde aan de hemel en als mijn blote armen niet prikten van de koude wind had ik geloofd dat de zomer terug was. Dat hij zich had bedacht, dat hij de herfst zou verjagen en een paar maanden langer zou blijven. Of voor altijd. Ik vroeg me af of gele bladeren weer groen konden worden.

'Hé, Antoine!'

Ik keek naar Stan.

'Kijk uit of hij eet je op!'

Stans handen, armen en sweater zaten onder het bloed, hij hield de wolvenkop, waar nog een dun straaltje uit sijpelde, bij de oren en zwaaide ermee in mijn richting. De gele ogen keken me aan alsof ze weer tot leven waren gekomen.

'Wat, je bent toch niet bang?'

Ik wist dat als ik begon te rennen, ik het startsein voor een achtervolging gaf.

Stan zette de eerste stap, met de bloedende kop nog altijd naar mij toe.

Een tel later rende ik weg zo snel ik maar kon, paniekerig naar adem happend, met de andere drie achter me aan. Ik had geen schijn van kans, we waren ver van het dorp en ik stoof de verkeerde richting uit, recht op het meer af. Ik wist niet wat ze met me zouden doen als ze me te pakken kregen, maar ik wist zeker dat het gruwelijker zou zijn dan in mijn ergste nachtmerries. Ik sloeg links af om te vermijden dat ik terecht zou komen op de rand van de klif die neerkeek op het zilveren wateroppervlak, maar ze hadden zich verspreid. Dit was precies de plek waar ze me wilden hebben. Ik bleef maar rennen, verblind door angst.

Op de uiterste rand van de loodrechte wand stopte ik. De anderen waren vlak achter me. Ik keek naar de wolvenkop, naar Stan die helemaal onder het bloed zat, en ik maakte een vreemd geluid, een soort schreeuw of kreun, iets wat ik nog nooit had gehoord. Toen voelde ik iets warms tussen mijn benen, dat afkoelde terwijl het langs mijn dijen naar beneden liep.

Stan en de twee anderen stonden te lachen.

Ik dacht niet na. Ik besliste het niet, bedoel ik. Mijn voeten sprongen. De val herinner ik me niet. Van een afstand zag het er vast prachtig uit. Een tenger jongenslijf dat een seconde lang tussen de witte hemel, het spiegelgladde water en de grijze, met korstmos begroeide rots zweefde. En daarna die paar rimpelingen die deze kleine, inerte massa veroorzaakte toen hij door het ijzige monster werd verslonden.

Op dat moment sprak het voor het eerst tegen me. Het zei tegen me dat ik nu van hem was. Zijn stem klonk angstaanjagend en zacht. Diep en krachtig, afkomstig van onder de rots, uit de schoot van de wereld.

Het zei tegen me dat ik van hem was en dat alles moest gebeuren naar zijn wil. Dat het me zou beschermen zolang ik hem zou gehoorzamen. Dat het nu iets van me af zou nemen maar dat ik daarna sterker zou zijn. Dat ik het instrument van zijn wil zou zijn, het wapen waarmee het de mensenwereld zijn wet zou opleggen.

Zijn donkere water omstrengelde me koud als de dood, ik dacht aan mijn moeder terug, mijn angst ebde weg, ik behoorde toe aan iets groters dan mezelf, iets groters dan de buitenwereld, dus ik was niet bang meer. Ik voelde een schok, mijn lichaam tolde als in slow motion rond, toen steeg ik weer op naar de waterspiegel en werd ik door het monster uitgespuugd. De ijzige lucht joeg door mijn longen terwijl ik wild met mijn armen maaide om mijn hoofd boven water te houden. Of liever, met een van mijn armen. Alleen mijn rechterarm reageerde. De linker bungelde slap tegen mijn lichaam. Ik zwom trappelend naar het strandje onderaan de klif. Het strandje dat ik had willen bereiken toen de jongens me achternazaten. Ik hoopte dat ze me daar niet opwachtten. Het ijskoude water sneed me de adem af, ik ademde te snel, mijn longen leken abnormaal klein. Maar ik deed mijn uiterste best om vooruit te komen door mijn voeten te gebruiken, zoals mijn moeder me had geleerd. Al snel bereikte ik het strandje. Lichtgrijze steentjes die in mijn knieën sneden. Iets warms op mijn linkerhand. Bloed dat in lange straaltjes in het water sijpelde. Het meer bracht een hees gegrom uit, alsof zijn ingewanden rommelden, of misschien was het een bedankje: 'Ik neem nu iets van je af maar daarna zul je sterker zijn.'

Ik krabbelde op en begon toen de glooiende helling van de Bösenhorn te beklimmen. Mijn arm deed geen pijn. Ik voelde niets. Mijn kletsnatte kleren waren loodzwaar. Ik probeerde de afstand naar het dorp in een hoeveelheid stappen om te zetten om te weten hoever ik nog moest. Elke stap was een dag van de week. 'Maandag, dinsdag, woensdag, donderdag, vrijdag, zaterdag, dan is het zondag en begint de week opnieuw.'

Op de onverharde weg die langs de Bösenhorn omhoogkronkelde spitste ik nu en dan de oren om te achterhalen of Stan en de twee anderen in de buurt waren. Maar nee, niets dan het vertrouwde geruis van een beekje, de wind in de boomtoppen, het gefluit van een stel alpenkauwen. En de stem van het meer. Ik wist dat die me niet meer in de steek zou laten. Dat mijn leven voortaan eenvoudig zou zijn. Dat ik de stem alleen maar hoefde te gehoorzamen. Dat de stem mijn moeder zou zijn. Dat de waarheid, het begin en het einde van de wereld hier lagen, in de schoot van de Bösenhorn. En dat de stem mij had uitgekozen.

Het meer gaf me niet meteen bevelen. Ik vermoed dat

het me de tijd gaf om op te groeien. In het begin, toen ik in het ziekenhuis lag voor mijn arm, stuurde het me vooral woorden van troost. Als er midden in de nacht een rilling door me heen ging, wist ik dat die van hem kwam. Ik stelde me voor hoe de donkere waterspiegel een paar kilometer verderop in het maanlicht rimpelde door trillingen uit de schoot van de Bösenhorn, en wist dat ik niet alleen was.

Later begon het meer me offers te vragen. In het begin heel kleine, gemakkelijke dingetjes. Knikkers, een broodje, een teddybeer... Met de jaren begon het om dingen te vragen waar ik moeilijker aan kon komen: juwelen, autosleutels, kleine dieren. Ik stal ze op de plaats die het meer me noemde, en daarna schonk ik ze hem vanaf de klif, waar ik die bewuste dag was gesprongen. Ik zei hem dat ik klaar was voor het grotere werk, dat ik nu een man was.

Toen ik achttien werd, dacht mijn vader dat werken me goed zou doen. Hij vond een baantje als stalknecht voor mij, in een professionele springstal beneden in de vallei. Die van Saveria Jochen-Sigwald. Saveria Jochen-Sigwald is een gerenommeerde jumpingkampioene. Ze is aardig voor me. Ze praat niet vaak tegen me, maar als we elkaar passeren zegt ze me altijd gedag. Een fijne vrouw. Vorige maand kwam ze me vragen of ik met het team mee wilde naar een springconcours in Den Haag. Er ontbrak nog een rijknecht in het team en ze hadden aan mij gedacht. Het was een vorm van promotie, denk ik. Ik dacht dat het mijn vader blij zou maken, dus zei ik toe. Mijn vader blij maken is belangrijk. Hij heeft me gezegd dat hij me bij mijn volgende 'stommiteit' het huis uit zal gooien. Ik wil geen problemen. Ik wil niet op straat worden gezet. Of de Bösenhorn achterlaten.

De naam Saveria Jochen-Sigwald wordt altijd in één adem genoemd met die van haar *quarter horse* Red Apple, een kleine vos. Lasteraars beweren dat zij maar een middelmatige ruiter is en Red Apple de enige vedette van hen beiden. Dat ze zonder hem nooit een olympische medaille zou hebben gewonnen en dat ze niets voorstelt zonder dat uitzonderlijke paardje met zijn pittige, nobele, trotse temperament. Toch wedde in het begin niemand op hem, omdat hij zo klein was. Maar hij heeft een gave, hij vliegt over elke hindernis heen. In vijf jaar internationale competitie heeft hij nog nooit zelfs maar één keer een balk eraf gegooid. Red Apple is legendarisch. En hij is aardig. Net als Saveria Jochen-Sigwald.

Die middag praatte het meer tegen me in een soort van dagdroom. Ik was in Den Haag in de paddock en keek toe hoe Saveria en Red Apple zich warmliepen voor ze de piste betraden toen ik opnieuw zo'n rilling kreeg, even krachtig alsof ik op de helling van de Bösenhorn stond. Het meer zei tegen me: 'Luister. Dit is wat ik wil. Het paard. Je leidt het 's nachts naar de klif. Je giet benzine over zijn vacht. Dan bestijg je het, zonder zadel. En je steekt een lucifer aan. Het zal dansen in de vlammen. Ik wil het oranje vuur tegen de zwarte rotsen zien opspatten. Ik wil het paard zijn longen uit zijn lijf horen gillen en ik wil jullie ogen zien smelten. Het zal steigeren, en dan zal het springen, net als jij toen, jullie roodgloeiende gestaltes zwevend door de nacht, het oprekken van de tijd, de geur van geroosterde huid, jullie massa die met de mijne versmelt, ondergaat en zinkt. Ik zal jullie opnemen, diep op de bodem waar de zon nooit schijnt, en je zult nooit meer bang zijn. Ik zal je dicht bij me houden. En het paard ook. Jullie zullen een deel van mij worden, en we zullen een nieuwe uitverkorene kiezen om onze wil te volbrengen.'

Toen ik hem in de trailer liet stappen volgde Red Apple me mak en argeloos. Iedereen was aan het feesten op het strand, er was me gevraagd om bij de paarden te blijven en ze in de gaten te houden. Ik heb een kleine trailer en een doorsnee auto genomen, dat springt minder in het oog dan onze grote vrachtwagen. Ik moet opschieten, rijden tot het licht wordt. Als alles volgens plan gaat, zullen ze pas morgenochtend merken dat het paard weg is.

Wanneer de zon opkomt boven de Bösenhorn, zal het allemaal al voorbij zijn.

Gigi

Ik noemde hem al zo lang Snollie dat ik zijn echte naam was vergeten. Het moet gezegd dat hij dat ook was. Een snol. Hij woonde al ongeveer vijftien jaar op het kasteel. Toen ik hem leerde kennen was hij een klein mannetje met magere schouders en vette heupen. Knokige handen met vergeelde nagels. Tegenwoordig ziet hij er hetzelfde uit, maar dan vijftien jaar ouder. Zijn haar is wit geworden en zijn heupvet is tot op zijn buik uitgedijd. Ik heb hem nooit aantrekkelijk gevonden.

Snollie is geen luxesnol. En als ik het woord 'kasteel' in de mond neem, stel je daar dan niet te veel bij voor. Een hoop oude stenen in een grauwe mist. Als de avond valt, bij maanlicht, lijkt het wel een doodskist. Een erfenis van mijn man.

De toenmalige tuinman, een redelijk geniale kerel als je 't mij vraagt, had een doolhof van buxushagen en rozenstruiken aangelegd. Het liep zacht glooiend af van de brede trap van het bordes tot aan de vijvers helemaal achteraan in het park. Maar de buxusmot had er lelijk huisgehouden, het doolhof was dood. Nu ja, niet helemaal. Erger nog. Dat rotbeest nam er de tijd voor. De struiken waren hier en daar heldergroen en op andere plaatsen strontbruin, alsof de lente en de herfst erom vochten. En zolang de buxusmot aan het werk was, stonk het er. In het park en het kasteel hing een geur van rotte vis. Ik wachtte totdat het doolhof morsdood was. Zoals ik op mijn dood wachtte. En op die van Snollie.

Snollie is verrassend slim. Hij is er bijvoorbeeld van overtuigd dat de aardkern met water is gevuld en dat de aarde van pool tot pool met een cilinder is doorboord, zoals een rol pleepapier. Volgens Snollie ontsnapt er soms water, wanneer er een meteoriet op de aarde inslaat, en dan stijgt de zeespiegel.

Misschien heeft hij gelijk. Het interesseert me niet.

Er is verwarming in het kasteel. Niet overal. Dankzij een systeem dat Snollie in elkaar heeft geflanst, verwarmt de oude ketel nu nog maar een paar kamers: de keuken, een woonkamer, een badkamer en een slaapkamer. Dat bedoel ik dus als ik zeg dat hij verrassend slim is. Ik denk zelfs dat hij ergens mee heeft geknoeid om een extra kamer te kunnen verwarmen. Als hij 'op' is, zoals hij zegt, als ik 'te ver' ga, slaapt hij ergens anders, geen idee waar. Ik heb al gezocht, maar hij kan zich goed verstoppen. Of misschien ben ik dan te bezopen om hem te vinden. Misschien ligt hij daar, in mijn te zachte bed, in een kuil in mijn matras met kapotte veren, en zie ik hem simpelweg niet. Of ergens in de slaapkamer, ineengerold op het dikke, grijsgroene tapijt.

Toen ik hem leerde kennen zat hij tot over zijn oren in de stront. Ik denk dat ik dat zo leuk vond aan hem. Zijn behoeftigheid.

Snollie is bang dat ik doodga. Omdat hij niets heeft.

Hij zou weer op straat belanden zoals toen ik hem leerde kennen. Bovendien is hij nu vierenvijftig. Geen schijn van kans dat hij ooit nog werk vindt. Ik zou met hem kunnen trouwen, dan erft hij het kasteel en wat aandelen. Maar hij zou me vermoorden, dat weet ik bijna zeker. En bovendien zou hij niet langer behoeftig zijn. Ik zou hem minder leuk vinden.

Die ochtend bleef Snollie nog langer dan gewoonlijk in de badkamer. Hij lummelde er altijd uren in rond. En de waterrekening was voor mij. Ik vroeg hem: 'Hoe kan een mens zich zo lang wassen en toch zo stinken?'

Hij vond me gemeen. Ik antwoordde dat ik de enige was die genoeg van hem hield om hem de waarheid te vertellen. Hij rook naar kippenhok, daar kon ik toch niets aan doen?

Ik schoot in mijn badjas en ging in de wintertuin op hem wachten. Een stoffige piano, een doorgezakte Emmanuelle-stoel en een serre met glas-in-loodramen uit de belle époque. Ik plofte neer op de canapé van gecapitonneerd fluweel die vol brandgaatjes van sigaretten zat en trok een fles prosecco open. Champagne werd te duur.

Ik was op zoek naar een kopje tussen de vuile vaat die hier en daar rondslingerde toen Snollie binnenkwam, zijn lijkbleke gezicht nog fletser dan gewoonlijk.

'Ik heb kanker.'

'Hoe weet je dat je kanker hebt, Snollie?'

'Mijn haar valt uit.'

Ik stelde me Snollies doodsstrijd voor, zijn behandelingen, de ritjes van en naar het ziekenhuis, en dacht eerst dat het ons een beetje afleiding zou bezorgen.

Toen stelde ik me mijn leven voor zonder hem, en dat vond ik minder prettig. Ik had altijd gedacht dat ik eerst zou sterven, wat logisch zou zijn aangezien we twintig jaar schelen. Er was iets opbeurends aan de gedachte dat hij na mijn dood straatarm en dakloos zou worden. Dat zijn aftakelingsproces weer verder zou gaan, precies waar het was gestopt op de dag dat we elkaar leerden kennen. Dat ik een troostend intermezzo voor hem was geweest, of zoiets... Dat vond ik wel fijn.

Nu vertelde hij me dat hij kanker had.

'Laten we naar je moeder gaan,' zei ik.

Ik was dol op zijn moeder. En ik denk dat zij ook dol was op mij. Ze was al dood toen we elkaar leerden kennen, dus volgens mij was ze niet in staat om de precieze aard van mijn relatie met haar zoon te begrijpen. Ze was een dame die ik bewonderde om haar vermogen de schijn op te houden. Zelfs in de dood behield ze haar waardigheid op het portret dat op haar grafsteen prijkte. Ik kon urenlang met haar praten. Vaak kwam ik alleen, als ik ruzie had met haar zoon. Dan nam ik een fles mee voor haar, een fles voor mezelf, en ging op haar graf zitten zoals je op iemands ziekbed zit, en vertelde haar over mijn leven met Snollie. Hoe moeilijk het soms wel niet was, hoe hij me het leven zuur maakte, hoe ongelooflijk egoïstisch hij kon zijn. Het enige onderwerp dat ik vermeed, was seks. Hoewel er op dat vlak in feite niet veel meer te vertellen viel.

Snollie had een lang, dun lid, als een kattenstaart. Soms vroeg ik hem nog eens om me te likken, vooral als ik wist dat ik daar niet fris rook, gewoon om zijn gehoorzaamheid te testen. Ik liet hem een paar minuten zijn gang gaan, duwde hem dan weg met mijn voet en zei dat hij er niets van bakte.

Ik voelde al een paar jaar niets meer. Daarvoor vond ik het best leuk. En Snollie was er een paar keer in geslaagd om me te laten klaarkomen. Het zal geen erg fraaie aanblik zijn geweest. Zijn vette heupen tegen mijn brede, lillende puddingbillen. Het zag er waarschijnlijk uit als een obese teckel die een zieke beer een beurt geeft.

Snollies moeder was in Oostende begraven, zodat we ongeveer twee uur moesten rijden om naar haar toe te gaan. Maar dat deed er niet toe. We hadden alle tijd.

Hij zei: 'Oké, maar laat me eerst iets eten.'

Hij prakte een banaan en goot er wat havermout, lauwe melk en Nesquik overheen. Hij at met langzame bewegingen, in een soort onderdanige ingetogenheid.

Ik wilde een raam openzetten, maar de geur van rotte vis vanuit het doolhof hield me tegen. Snollies lepel kraste over de bodem van zijn kom. Ik dronk prosecco uit de fles terwijl ik over het park uitkeek. Ik vroeg me af wie hier zou wonen als ik dood was. Misschien gelukkige mensen. Zouden er over tien jaar nog gelukkige mensen bestaan?

'Ben je klaar?'

'Ik ga me aankleden.'

Hij reed. Achter het stuur van mijn oude 911 leek hij meer dan ooit een snol. Hij zag eruit als een kerel die zich op zijn gemak voelde in zo'n auto, en dat terwijl hij nu eigenlijk onder een brug wakker zou moeten worden. Ik probeerde aan iets anders te denken, zoniet werd het nog een zware dag. En bovendien had hij me net verteld dat hij kanker had.

'Heb je het vanochtend ontdekt?'

'Ja. Kijk, hier heb ik bijna geen haar meer.'

Hij liet de bovenkant van zijn schedel zien, net boven zijn kruin.

'En natuurlijk overkomt ons dit op een zondag.'

Ik bedacht dat we morgen een afspraak moesten maken. Een oncoloog vinden, de lange gele ziekenhuisgangen, diagnoses te horen krijgen, om een second opinion vragen. Misschien moest hij daar blijven slapen. Misschien moesten ze hem opereren.

'Welke kanker denk je dat het is?'

'In de hersenen. Mijn bloedgroep is van nature vatbaar voor hersenkanker.'

'Ach zo.'

De weg die van het kasteel wegvoert was kronkelig en zelfs in de zomer donker. Je moest door kilometers sparrenbos rijden, de enige plantensoort die op deze zure grond kon overleven.

Na de bossen kwamen er lichtere valleien, weilanden, soms een kerktoren in de verte. Een paar stenen dorpjes waar alleen oude mensen woonden. Mensen zoals wij, maar dan arm. De ene na de andere school sloot zijn deuren door een gebrek aan kinderen. Ik trok een tweede fles prosecco open. Ik had er drie meegenomen in een koelbox. Ik keek naar mijn worstvingertjes, die hoe langer hoe rimpeliger waren en door een paar ringen werden gewurgd.

'Het is echt tijd dat ik doodval.'

Snollie antwoordde niet. Maar ik wist wat hij dacht.

Ik denk dat ik daarna een beetje heb geslapen.

Toen ik mijn ogen weer opendeed, reden we op de snelweg en moest ik dringend kotsen.

'Stop, Snollie.'

'We zijn er bijna.'

Hij genoot van de momenten waarop ik aan zijn genade was overgeleverd. Wanneer ik weerloos was en hij dacht dat hij me niet meer hoefde te gehoorzamen. Ik kotste in de koelbox.

'Kijk, Snollie, kijk, allemaal jouw schuld!'

Ik liet een zure boer.

'Wat had ik dan moeten doen? Ook al was ik gestopt, het zou toch te laat zijn geweest.'

'Nu moet ik aan je moeder uitleggen waarom ik naar kots ruik. Vind je dat leuk? Vind je dat een vrouw zich zo aan haar schoonmoeder kan vertonen?'

'Laat mama hierbuiten!'

'Ze zal het met me eens zijn. Je bent egoïstisch en ondankbaar. Het leven is geen hotel, Snollie! Ík ben geen hotel!'

Hij reikte me een zakdoek aan.

'We gaan dit alles in zee afspoelen, goed? Wil je dat ik nu stop?'

'Nu hoeft het niet meer.'

Toen we aankwamen, was ik nog steeds aan het mopperen. Een warme, krachtige wind joeg over de polders. Naast de muur om de begraafplaats stond een bouwvallige molen. In de verte verdween de weg achter een rij bomen. Alles was altijd keurig geregeld in Vlaanderen.

Bomen, kanalen, gebouwen, het leek er allemaal aan een onzichtbare autoriteit te gehoorzamen.

Snollie knielde bij het graf van zijn moeder en vertelde haar dat hij kanker had. Hij begon zachtjes te huilen. Ik vond het niet fijn hem te zien huilen. Ik wist precies wanneer het zover was. Eerst verscheen er een frons boven zijn wenkbrauwen, alsof er onder zijn huid een touwtje werd aangespannen, dan sperde hij zijn neusgaten open, waar vervolgens een heldere vloeistof uit drupte die in zijn mond liep. Snollie huilde meer uit zijn neus dan uit zijn ogen. Hij vertelde zijn moeder dat hij een ellendig leven achter de rug had, dat hij een nietsnut was en dat zijn dood iedereen koud zou laten.

Daarna reden we naar de dijk. Het was nog vroeg, maar we wilden een restaurant vinden voordat de toeristen zouden arriveren. Vroeger gingen we altijd naar Mange Tout, een sterrenrestaurant aan de haven. Maar net als met de champagne moest ik wat gas terugnemen als ik het nog een jaar of tien wilde uitzingen. Langs het strand was er keuze te over. Je vond er onder plastic luifels het ene restaurantterras naast het andere. Alle menu's waren hetzelfde: garnaalkroketten, mosselen in witte wijn, pannenkoeken met chocoladesaus.

Uiteindelijk kozen we Bij Aleksandra, met wit imitatiemarmer op de muren, placemats van ruw papier en de geur van kreeftensoep en bleekwater. De serveerster sprak Frans met een zwaar Vlaams accent.

'Zit u liever op het terras?'

Haar r'en rolden als keien onder een lauwwarme golf. Door een oude pavlovreactie deden die rollende r'en in dit kust-Frans, dit toeristen-Frans, me watertanden. Mijn brein associeerde het met de zomers die ik in mijn kindertijd een paar kilometer hiervandaan doorbracht, en vooral met het kruidenierswinkeltje waar snoep werd verkocht. Ik gaf de kruidenierster mijn muntstuk van vijf frank en zij vulde een papieren zak met wat ik haar vroeg. Ze herhaalde telkens wat ik zei, terwijl ze met haar grote melkwitte handen de snoepjes pakte.

'Twee cuberdons, alstublieft.'

'Twee cuberdons.'

'Twee spekjes.'

'Twee spekjes.'

'Drie babbelaars.'

'Drie babbelaars.'

Daarna liep ik terug naar het appartement van mijn grootouders over de parkeerplaats van een enorm flatgebouw. Het hoogste aan de kust. En het lelijkste.

Als het op lelijke flatgebouwen aankwam, kon de Belgische kust naar de wereldtitel meedingen.

Snollie snotterde nog een beetje toen hij zijn kabeljauwfilet met prei bestelde. Maar ik wist dat het ergste voorbij was. De serveerster bracht een fles gekoelde muscadet, ons eten volgde minder dan tien minuten later. Buiten stak een zware wind op. Donkergrijze wolken kwamen van over de zee aanrollen. Soms vormt er zich een kleine tornado boven de golven en ik hoopte er eentje te zien. Misschien zouden de toeristen vandaag wegblijven.

Snollie schonk me nog een glas wijn in, zoals hij altijd deed als hij me iets wilde vragen. Hij was zo voorspelbaar.

'Je wilt vanmiddag in het casino gaan gokken, hè?'

Hij keek me aan met gekrenkte-reeënogen.

'Ik heb niks gezegd.'

'Je was het van plan.'

Hij zweeg als antwoord. Hij perste zijn lippen op elkaar terwijl hij over zijn lege bord schraapte met zijn vork, waar hij een denkbeeldig restje puree van aflikte. Alsof hij nog niet genoeg had gegeten.

Zo ging het elke keer. Hij snakte ernaar om te gaan gokken. Soms zei ik ja, soms nee. Om de spanning er een beetje in te houden. En hij moest niet denken dat het nieuws van zijn kanker ook maar iets zou veranderen.

'Wil je een dessert?'

'Ja, graag,' antwoordde hij zonder op te kijken.

'Ik wil straks een strandwandeling maken.'

'Je hebt een hekel aan wandelen.'

'Vandaag heb ik er zin in.'

Snollie at een pannenkoek met chocoladesaus, ik nam nog een fles muscadet.

Tegen de tijd dat we het restaurant verlieten, had de storm aan kracht gewonnen. Het zand stoof over het strand, zodat het onmogelijk was om met open ogen tegen de wind in te lopen.

'We gaan in dit weer niet wandelen!'

'Jawel Snollie, we gaan in dit weer wandelen.'

We liepen tot aan de galerij van het casino, die aan de zeekant open was en door krijtwitte stenen zuilen werd ondersteund. Het gebouw leek regelrecht afkomstig uit een slechte Sovjetpropagandafilm. De muscadet maakte me slaperig, ik moest op Snollies arm leunen om overeind te blijven en ik verwachtte half-en-half dat Stalin zou verschijnen op een enorm paard met een zwarte vacht en vlammende ogen. Ik wilde een dutje doen.

Ik sleepte Snollie de galerij uit tot op het zand en liet me daar vallen alsof ik een kolossaal, aangespoeld zeewezen was. Een soort weke sirene. Ik heb nooit begrepen waarom sirenen sexy zijn. Wie vindt een schepsel zonder geslachtsdeel nu sexy?

Ik wilde dat Snollie me daar achterliet. Laat hem maar gaan gokken. Laat hem zich maar alleen gaan vermaken. Want met mij kon dat niet. Hij probeerde niet eens meer te doen alsof. Wat een waardeloze snol.

'Zelfs dáár ben je niet goed in.'

'In wat? Waar heb je het over?'

'Een snol zijn! Je weet niet hoe dat moet! Ga de koelbox uit de auto halen, dan geef ik je wat centen en kun je gaan gokken.'

Ik moest weer kotsen. Er zat te veel bloem in die garnaalkroketten, ik wist het. Ze doen er steeds meer bloem en steeds minder garnalen in. Dat levert meer op.

'En wat ga jij intussen doen?'

'Wat ik ga doen? Ik blijf hier, wat had je gedacht. Ik zit hier goed. Met een beetje geluk word ik weggeblazen door de storm.'

'Geen enkele storm kan jou wegblazen.'

'Ga die koelbox voor me halen.'

Snollie zuchtte en nam de autosleutels aan die ik hem voorhield.

'Geef je me geen geld voor het casino?'

'Eerst de koelbox.'

Ik kon net zo goed verdwijnen. Misschien zou ik onder het zand worden begraven, zou het strand me helemaal opslokken en verteren voordat de toeristen terugkwamen. Alleen mijn ringen zouden overblijven en schatzoekers zouden ze met hun metaaldetectors vinden. Misschien zou Stalin me op zijn brandende paard komen halen. Of Lenin. Of Poetin. Zolang hij Russisch sprak en een grote wereldmacht leidde, vond ik het prima.

Snollie kwam terug met de koelbox en zette hem naast me neer. 'Hier.'

Ik gaf hem tweehonderd euro.

'Weet je zeker dat je niet liever in de bar van het casino zit?'

'Ja.'

'Of in de auto?'

'Ik weet het zeker.'

'Ik laat de sleutels achter, voor het geval dat je van gedachten verandert.'

'Prima.'

'Goed dan. Tot straks.'

En hij vertrok naar het casino.

Ik ging weer rechtop zitten om het deksel van de koelbox op te tillen. Ik was de kots van vanmorgen vergeten, de twee flessen prosecco zaten helemaal onder. Ik nam de minst vuile van de twee en deed het deksel weer op de koelbox. Het voordeel van de storm was dat ook de stank wegwaaide. Het was eb, dus ik besloot naar het eerste waterplasje te lopen dat de zee had achtergelaten. Ik deed mijn schoenen uit. Mijn tenen met gelige nagels waarop half afgeschilferde roze nagellak zat, zonken in het zachte zand. Uiteindelijk slaagde ik erin om zonder Snollie te lopen. Niet per se in een rechte lijn, maar ik bleef op koers. Naarmate het zand harder werd, kon ik mijn evenwicht iets beter bewaren.

Ik zette een paar stappen in het koele water, wat mijn misselijkheid een beetje verdreef. Misschien hoefde ik toch niet te kotsen. Ik spoelde de fles af, liep terug naar de koelbox en dronk prosecco terwijl ik zat te wachten of er zich voor de kust een tornado zou vormen.

Er kwam geen tornado. Of toch niet terwijl mijn ogen open waren. Ik viel weer in slaap.

Toen ik wakker werd, was de storm gaan liggen. Een paar toeristen hadden zich op het strand geïnstalleerd, maar niemand was in mijn buurt komen zitten. Ik vroeg me af hoelang Snollie al weg was. De middag liep ten einde.

Ik pakte de koelbox en ging naar de auto. De dijk en de straten werden nu door gezinnen overspoeld. Kinderen op rolschaatsen met een ijsje in de hand. Mensen, honden, fietsen. Op de voorruit van de 911 zat een parkeerbon. Ik zal nooit aan betaald parkeren wennen. Ik zette de koelbox neer en liep naar het casino. Aan de straatkant leek het nog Sovjetachtiger dan aan de strandkant. Binnen zag het eruit als elk ander casino. Oerlelijk kamerbreed tapijt, rood met een patroon van zwarte en witte cirkels, fel licht, gokautomaten, pokertafels waartussen een paar schipbreukelingen ronddwaalden die futloos het hoofd boven water hielden, met een glimlach om hun lippen en een Moscow Mule in de hand.

Ik ging bij de roulettetafels kijken. Geen Snollie. Ook niet bij blackjack. Misschien bij de gokautomaten. Het was niets voor hem, maar je wist maar nooit.

Daar ook niet.

Ik keerde terug naar de roulettetafels, ik had waarschijnlijk niet goed gekeken. De misselijkheid kwam weer op. Ik dwaalde in alle richtingen door de zaal, geen Snollie.

Misschien had ik hem gemist. Misschien was hij naar het strand teruggekeerd om me te zoeken toen ik bij de auto was. Sufferd die ik was. Ik had daar nooit mogen weggaan. Ik liep weer naar buiten en opnieuw door de galerij. Niets. Ik ging terug naar de auto. Niets.

Er was geen reden tot paniek, er moest een verklaring zijn. Als ik gewoon hier op hem wachtte, kwam hij wel terug. Uiteraard. Hij had geen keus.

Ik zou hem zijn vet geven. Wat dacht hij wel? Ik was veel te aardig geweest, zoals altijd. Hij zou het wel merken. Ik zou niets meer door de vingers zien. Wat kon ik anders? Anders was het hek toch helemaal van de dam?

Ik trok de laatste fles prosecco open en had spijt dat ik die niet ook had afgespoeld terwijl ik bij de zee stond. Nu kon ik het me niet meer veroorloven om terug te gaan en Snollie misschien mis te lopen.

Ik zette de radio aan. Ik kreeg honger. Ik had zin in gebraden kip. Als Snollie terug was zou ik hem meenemen naar De Koekoek, waar ze niets anders serveerden dan kip, met appelmoes en friet. Dat zou fijn zijn. En we zouden een beetje over zijn kanker praten. Ik had er misschien niet genoeg aandacht aan geschonken.

Ik luisterde naar een politiek debat, daarna naar een programma over Miles Davis, en viel in slaap.

Toen ik wakker werd, was het al na negen uur 's avonds. De wind was gaan liggen, de zon was achter de horizon verdwenen. De toeristen gingen naar huis. Snollie was niet teruggekeerd.

Einde

23.14 uur. Monica ziet hoe Chelly's zwarte Hummer brullend optrekt naar de invoegstrook. De afstand is perfect. De Hummer is perfect. Motorkap op ooghoogte, bumpers die bestand zijn tegen een aanvallende buffel, banden zo groot als een kind van zes.

Ze draait zich om en kijkt even naar de laatste aanwezigen. Julianne gilt: 'Mevrouw!' Alika kijkt op. Antoine loopt om de trailer heen en stapt weer in zijn auto. Juliette staat onder het bord van een verkeersveiligheidscampagne te roken. Gigi leunt op het spatbord van haar 911 en vraagt zich af of ze nog eens moet kotsen of weer kan vertrekken. Loïc is op weg naar de shop en werpt een afwezige blik op de Hummer. Victoire rekt zich geeuwend uit.

Monica loopt blootsvoets over het asfalt.

Een benzinestation langs de snelweg. Een zomeravond. Als je de lijken nog steeds niet meetelt, maar wel het paard, zijn er op dit moment nog maar elf aanwezigen.

Anderen zullen aankomen. Ze zullen stuk voor stuk weer vertrekken. Hier ben je alleen op doorreis.

Dank aan mijn twee vroedvrouwen, Stéphane Levens en Thomas Gunzig, voor hun luisterend oor, hun geduld en hun aanmoedigingen.

VN Thriller
van het Jaar
★★★★★
atlas contact
ADELINE DIEUDONNÉ
HET ECHTE
LEVEN

LEES OOK VAN ADELINE DIEUDONNÉ

Het echte leven

Een Vinex-wijk zoals er zoveel bestaan. Een naargeestig huis met een kamer vol opgezette dieren, een sadistische vader en een murwgeslagen moeder. Dat is de gezinssituatie van de 10-jarige vertelster. Als zij en haar jongere broertje Gilles getuige zijn van een gruwelijk ongeluk, trekt hij zich terug in zichzelf. Nu broer en zus ook elkaar kwijt zijn, lijkt alle hoop op geluk verloren. Maar dan neemt de hoofdpersoon in al haar kwetsbaarheid het lot in eigen hand. Vastbesloten en doelbewust neemt ze zich voor om koste wat het kost de lach op het gezicht van haar broertje terug te brengen. Dat blijkt geen eenvoudige taak.

Als ze dan zelf op een ongekende manier op de proef wordt gesteld – door haar eigen vader – neemt ze zich voor: ik zal in dit leven geen prooi zijn.

'Een fantastische heldin vol vrijheid en intelligentie.' – *Le Figaro*

'Een donkere roman die verlicht wordt door een sprankelende stijl. Doet denken aan iets compleet nieuws, nog nooit vertoond, een zeldzaamheid.' – *Le Journal du Dimanche*